digitus indie publishers

Contrapuntos VII

❖

Eros y Tánatos

Marcos Pico Rentería, ed.

EDITORES INDEPENDIENTES

Monterey, CA

Diseño · *Design:* Jennifer Gabriele, Marcos Pico Rentería.

Editor: Marcos Pico Rentería

First print edition: 2020

ISBN Digitus Indie Publishers: 978-0-9982539-3-0
Impreso y hecho en EE.UU.
Printed and made in USA

ISSN 2 4 7 2 - 2 0 6 5 (print)
ISSN 2 4 7 2 - 2 0 7 3 (online)
www.digitusindie.com

ÍNDICE · CONTENTS

OMISIÓN Y MEMORIA: UNA DISTANCIA ENTRE LOS HECHOS HISTÓRICOS Y LOS VALORES MORALES

Indira Yadira Arianna García Varela

There's no standard way
of approaching a story.
We have to evoke a
situation, a truth.
Henri Cartier-Bresson

ANTE TAN CONOCIDA FRASE de Cartier-Bresson, y para introducir el tema que concierne a los dos conjuntos de imágenes que conforman esta curaduría fotográfica, es pertinente parafrasear tanto la motivación creativa de John Gueltzau, autor de la primera serie, como la de Wellington Romão Oliveira, autor de la segunda. El punto de partida para Gueltzau es la fragilidad de la memoria, especialmente en la era a la que se ha denominado el periodo de *Post-Truth,* así mismo, se habla de las delimitaciones del tiempo y del espacio dentro de los marcos de la fotografía. En oposición al trabajo de Gueltzau, el motivo de Romão Oliveira es tomar la fotografía como apoyo en su investigación de campo; sus imágenes funcionan como un texto complementario que da testimonio de los efectos del proceso de renovación y producción energética en comunidades tradicionales en el noreste de Brasil. Si bien entre los dos existe una diferencia, se comparte un denominador común: los hechos históricos, los valores morales y la construcción y deconstrucción de historia y memoria. Aunque diferentes en un sentido estético, las dos obras en conjunto dialogan con las características inherentes de la fotografía, lo verosímil y la memoria que afectan el lado "ético" de la producción fotográfica, con lo que Cartier-Bresson propone el inicio oficial del fotoperiodismo y la fotografía documental.

Photo Amnesia penetra en la función científica de la fotografía. A través del juego existente en la manipulación de la imagen digital se produce un cuestionamiento al nivel de veracidad en el producto final. En ellas hay una crítica a la insistencia de buscar en la historia y en la memoria de un objeto la respuesta al presente. Estos elementos inherentes, y tan autorizados por los estudiosos de la obra de arte, son para Gueltzau el error producido por el mecanismo fotográfico; en su trabajo, en lugar de producirse imágenes fieles a la realidad, se deforman. Sus imágenes, están concebidas como si fueran el producto de una manipulación deliberada, indicando por sí mismas el error en la producción de imágenes mecánicas y por lo tanto en la falsa concepción de "verdad". Pero su compleja forma nos pierde en sus temáticas principales, la historia, la memoria y el nivel de veracidad tanto en el contexto individual como en el colectivo, puesto que en alguna de las imágenes no sabemos si se trata de la memoria del artista o el de la colectiva. Sobre todo, al ver los efectos que distorsionan la imagen, en ellos hay una separación entre el ámbito político y el privado.

En "Meet Me in the Past", "I Would Rather Be Outside", "Family and Family", "Inside Out", y "Becoming Invisible" la doble imagen es visible. En las cinco composiciones fotográficas existe una mezcla evidente entre la esfera política y la privada, como si se ofreciera una guía para identificar de qué se trata. Al verlas se debe de tener en mente que la composición no es simple, debe considerarse qué imagen sobresale y cuál es la que se oculta al ojo del que las observa. En "Meet Me in the Past" las dos imágenes se hacen evidentes y tanto una como la otra puntean un espacio público, cuál es el significado de esto, mientras una parece haber salido de los medios de comunicación, la otra podría ser de algún evento político social. En "I Would Rather Be Outside" se dejan a un lado los eventos públicos; Gueltzau utiliza los espacios institucionales, cuáles serían las cuestiones que conciernen a la memoria y a la historia, y cuál es la relación entre una imagen y la otra. "Family and Family" despliega dos espacios privados, quizás señalando unos orígenes de la memoria, tanto individual como colectiva. La memoria familiar es también distorsionada por el contacto al exterior, a las instituciones, a los medios de comunicación masiva. Este contacto está directamente señalado en "Inside Out", la imagen está compuesta tanto del espacio público como privado unificándolos hasta cierto sentido; cómo poder confiar o desconfiar de la historia y de la memoria, hasta qué punto se puede hacer y por qué. "Becoming Invisible" es la composición más complicada, la imagen que destaca es la de dos sujetos que no podemos identificar, es acaso esta imagen a la que debemos poner atención o quizás es a la del pequeño sentado a quien solo se le puede ver la espalda. La serie en su totalidad logra representar no la realidad ni la ficción, sino las preguntas más significantes de la propuesta de Gueltzau: ¿Qué no nos dice la fotografía? ¿Qué es aquello que está adormecido en ellas? ¿Qué sucede al deconstruir y construir la imagen? Después de terminar la Segunda Guerra Mundial, Cartier-Bresson y compañía, al crear la agencia fotográfica Magnum se mentían a sí mismos, al establecer como sinónimos fotografía y verdad.

Ahora bien, en contraposición con *Photo Amnesia,* las fotografías de Romão Oliveira resaltan los valores del fotoperiodismo y el documentalista. La fotografía, en este caso, cumple el propósito de testimoniar una realidad social y política. Para lograrlo es necesario la credibilidad tanto del autor como del lector puesto que en el caso de la fotografía documental hay que poner atención a lo extra-estético; el contexto en el que han sido creadas. La serie fotográfica de Romão Oliveira proviene de una investigación y no necesariamente con un sentido artístico. Sin duda su estética es bella, en las composiciones hay pasividad y no están violentadas por la edición digital, por lo que la fragilidad de la historia y la memoria no residen en el proceso de transferir una imagen a otra, sino en el texto que las acompaña. Se tiene consciencia de lo que está ocurriendo únicamente cuando el texto lingüístico se hace presente, de otra manera las imágenes permanecen estéticamente atractivas.

"Dunas e lagoas contrastando com as turbinas instaladas na

comunidade do alazão", "Vista da comunidade do alazão, e ao fundo o parque eólico", "Criança da comunidade do alazão andando a cavalo", "Casa de um pescador as margens do rio preguiça, na comunidade do alazão" y "Casa típica de um morador na comunidade do alazão, no estado do Maranhão, Brasil" documentan la intervención de la energía renovable en pueblos de extrema pobreza en Brasil. En las tres primeras imágenes los paisajes tienen un contraste entre lo natural, y los molinos eólicos son el índice de que algo sucede, de que existe una problemática que conciernen al hombre y la naturaleza. Si bien tienen un aura pacífica, los molinos de viento interrumpen y violentan el panorama. En la segunda imagen las palmeras difieren de los eólicos, aunque en cierto sentido la imagen muestra la existencia de la convivencia pasiva. Especialmente si se observa la tercera fotografía, en la que dos niñas montan a caballo mientras en su horizonte tienen la representación del problema que el fotógrafo está documentando. El texto lingüístico es esencial para comprender plenamente el trabajo de Romão Oliveira. Sin este, las imágenes quedan incompletas, entran en otro contexto al cual se le debe añadir el paso del tiempo. Cómo lidiar con esta ausencia textual cuando se pretende dar un testimonio.

Con todo esto se puede pensar en el diálogo que parte de estas páginas. Mientras que en lo expresado por Gueltzau se cuestiona la frase de Cartier-Bresson, Romão Oliveira la afirma comentando que durante su investigación busca comunicar la realidad política y económica en el norte de Brasil. Fuera de la relación estética, lo significante en esta curaduría fotográfica es lo que ella misma cuestiona, qué se toma como realidad y qué como ficción. Quizás, lo que también se está poniendo en juego en esta curaduría son los valores morales que están siendo implementados en el acto de fotografiar. Por mucho tiempo, la fotografía documental, tal como la proponen compañías como Magnum, ha buscado testimoniar, dando prioridad a los valores morales; las guerras, la pobreza, las situaciones políticas que ponen en peligro al hombre son los personajes principales para conmover al espectador. Pero ¿qué sucede cuando se atiende a lo que no está directamente en la imagen?

Como bien lo expresa Gueltzau en su propuesta artística, por siglos se ha hablado de la verdad y de la memoria tratando con ello de entender la historia y el presente. Estos han sido temas esenciales desde el principio del acto fotográfico. La verdad implícita en la fotografía ha hecho que el lector de la imagen fotográfica insista en aquello que la fotografía nos cuenta cuando lo importante hoy en día es la ausencia, lo que falta en la fotografía, qué se esconde detrás de la imagen.

Entre Barcelona y Lawrence, agosto de 2019.

SERIE FOTOGRÁFICA I

John Gueltzau

Meet me in the past
John Gueltzau, 2019

I Would Rather be Outside
John Gueltzau, 2019

Family and Family
John Gueltzau, 2019

Inside Out
John Gueltzau, 2019

Becoming Invisible
John Gueltzau, 2019

SERIE FOTOGRÁFICA II

Wellington Romão Oliveira

Dunas e lagoas contrastando com as turbinas instaladas na comunidade do alazão
Wellington Romão Oliveira, 2017

Vista da comunidade do alazão,
e ao fundo o parque eólico
Wellingon Romão Oliveira, 2018

Criança da comunidade do alazão andando a cavalo
Wellington Romão Oliveira, 2018

Casa de um pescador as margens do rio preguiça, na comunidade do alazão
Wellington Romão Oliveira, 2017

Casa típica de um morador na comunidade do alazão, no estado do Maranhao, Brasil
Wellington Romão Oliveira, 2018

SERIE DE ILUSTRACIÓN EN VECTOR: FLOWER CROWN

Jennifer Gabriele

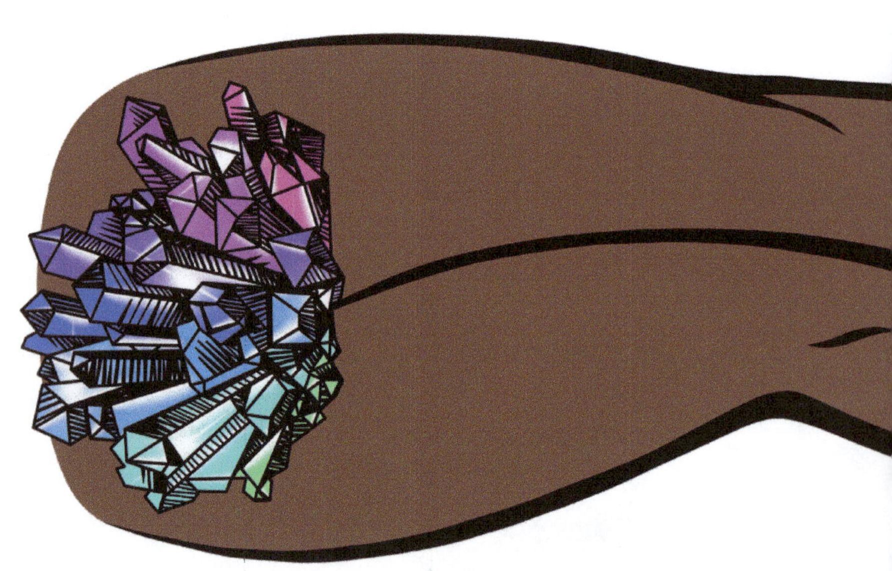

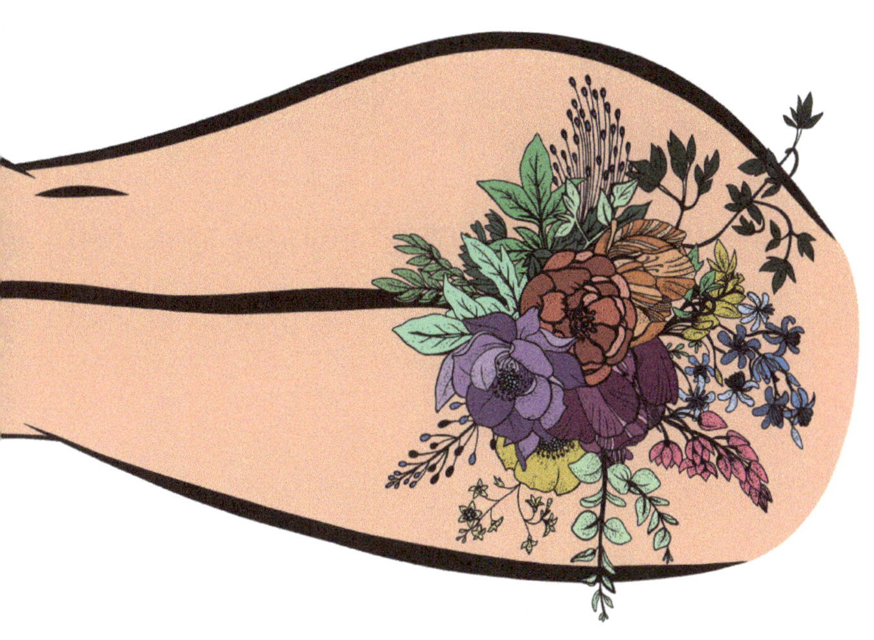

EN SALÓNICA

Harold Alvarado Tenorio

VIAJANDO POR SALÓNICA,
la luz, en la hora más temida,
ante el llameante brillo
corre, ligeramente,
en medio del aire estático
sobre las estrellas centelleantes.

IN THESSALONIKA

Harold Alvarado Tenorio

TRAVELING THROUGH THESSALONIKA
the light at the most fearful hour
streams swiftly
before the blazing luster
through the spellbound air
over the glittering stars.

Translated from Spanish by Rowena Hill

PRIMAVERA

Harold Alvarado Tenorio

PRIMAVERA GOLPEA las ventanas y el polvo del Gobi
cubre los objetos con una pátina amarga.

Alguien habla de un lejano país tropical.

La vida es implacable.

El tiempo inexorable.

SPRING

Harold Alvarado Tenorio

SPRING KNOCKS at the windows and dust from the Gobi
covers objects with a bitter sheen.

Someone talks of a distant tropical country.

Life is implacable.

Time inexorable.

Translated from Spanish by Rowena Hill

MENORCA

Harold Alvarado Tenorio

EN LA DESOLACIÓN
el verano
es una llaga blanca.

Los hombres abandonan
el campo y vuelven
a casa sin rostro.

Sólo los ancianos recuerdan la luz:
la vida es extensión,
una inmensa llanura.

MINORCA

Harold Alvarado Tenorio

AMID THE DESOLATION
summer
is a white sore.

Men abandon
the fields and return
home without faces.

Only the old men remember the light:
life is expanse
an enormous plain.

Translated from Spanish by Rowena Hill

ARTE Y FICCIÓN

Harold Alvarado Tenorio

COMO EN EL ARTE,
hizo de su vida una ficción.

Y lo que más amó, el placer,
lo obtuvo en sueños.

No había realidad
y si la hubo
resultó también quimera.

ART AND FICTION

Harold Alvarado Tenorio

AS IN ART,
he made his life into fiction.

And what he most loved, which was pleasure
he found in dreams.

There was no reality
and if there was
it also turned out to be chimerical.

Translated from Spanish by Rowena Hill

UN BARRIO DE SHANGHÁI

Harold Alvarado Tenorio

SERPENTINO BARRIO DE SHANGHÁI
en tus orillas se levantaron
grandes mansiones
y espléndidos festines
aquí tuvieron gloria.

Recuerda mientras puedas
el brillo de los jardines
todavía lucientes
y ve llenándote de este aire vespertino
y de esta ciega polvareda
donde la ciudad del ayer
es sólo polvo y oscuridad.

SHANGHAI NEIGHBORHOOD

Harold Alvarado Tenorio

WINDING SHANGHAI NEIGHBORHOOD,
great mansions rose
on your borders
and splendid feasts
were celebrated here.

Remember while you can
the luster of the gardens
still bright
and slowly fill yourself with this evening air
and this thick cloud of murk
where yesterday's city
is nothing but dust and darkness.

Translated from Spanish by Rowena Hill

AQUEL PISO VACÍO

Harold Alvarado Tenorio

RECORDEMOS TÚ Y YO
aquel piso vacío
que daba a una plaza de toros
a mediados del año
de tus dieciséis
cuando al vernos de nuevo
tras meses de disgusto
tanto nos amamos
que al partir
y recibir la paga
dijiste que te habías
enamorado de mi cuerpo
más que de mi alma o mis palabras

Yo también te amo
y es tu cuerpo
el alma que adoro
y tus ojos
y tu boca
y aquel tu lugar
por donde me fugo
hacia tu vida
que es mi muerte.

Con gusto
moriría por verte
una vez más
y morir.

THAT EMPTY FLAT

Harold Alvarado Tenorio

LET YOU AND I REMEMBER
that empty flat
looking onto the bullring
in the middle of your
sixteenth year
when, meeting again
after a many-months quarrel
we loved each other so much
that upon leaving
and being paid
you said that you had
fallen in love with my body
more than with my soul or words.

I too love you
and your body is
the soul I adore
and your eyes
and your mouth
and that place
where I flee
towards your life
which is my death.

With pleasure
I would die to see you
once more
and die.

Translated from Spanish by Laura Chalar

LA TUMBA DE XIAO XUE

Harold Alvarado Tenorio

CUANDO ENFERMÉ, AQUEL OTOÑO,
Xiao Xue, mi rubia perrita
venida del oriente
llegó hasta aquí conmigo,
cruzando mares y valles,
campos de caña y maíz.

Quienes cuidaron de mí
culpándote de las llagas del cuerpo,
y la holgura del vientre,
resolvieron darte muerte
pero no sepultura.

Nunca encontré tu cuerpo
pequeña Xue.
En parte alguna supe dónde
te arrojó la crueldad.

Si no hubo tierra para ti,
halla en estos versos
término para tu descanso
y yo pueda,
agradecer tu compañía
en las hondas soledades
del Río de la Maldad,
donde está el sepulcro de aquel,
que también tanto te quiso.

¡Oh, tú, Xiao Xue!
Bella y rubia
como el alba.

THE GRAVE OF XIAO XUE

Harold Alvarado Tenorio

THAT AUTUMN, WHEN I FELL SICK,
Xiao Xue, my little blond dog
come from the East,
traveled here with me,
crossing seas and valleys,
cane and corn fields.

Those who cared for me,
blaming you from the body's sores
and the belly's girth,
decided to kill you
but not bury you.

I never found your body,
little Xue.
I never knew where
cruelty flung you.

If there was no earth for you,
find in these lines
an end where you may rest
and I may
thank you for company
in the deep loneliness
of the River of Evil,
where there is the grave of him
who also loved you so.

Oh, you, Xiao Xue!
Fair and blond
as the dawn.

Translated from Spanish by Laura Chalar

EL AMOR ES PUENTE

Consuelo Hernández

EL AMOR ES UN PUENTE sobre el río solitario
sorteador de abismos
reluciente arco interruptor de flujos,
un viento intruso
en espacios vírgenes.

El amor es el puente hacia la vida
un ojo entre la realidad y su reflejo,
un paso entre barriadas
unidas por el viento inoportuno
es un beso
y dos extraños saltan de contentos.

Volvamos a ser puentes en la rampa del abrazo
y desde el pasamanos elevemos un canto
que derrita la bruma y derrumbe murallas.
Y, como en el principio,
ofrendemos el cuerpo a los ritos de Eros.

LOVE IS A BRIDGE

Consuelo Hernández

LOVE IS A BRIDGE over the solitary river
                    hurdler of abysses
gleaming arc interrupting flows,
an intrusive wind
        into virgin spaces.

Love is a bridge toward life
an eye between reality and its reflection
a pass between barriers
joined by an inopportune wind
it's a kiss
and two strangers leap for joy.

Let's be bridges again on the embrace ramp
and from the banister raise a song
that melts the fog and demolishes walls.

And, as at the beginning,
let's offer our bodies to the rites of Eros.

Translated from Spanish by Maria Roof

ONCE DE SEPTIEMBRE

Consuelo Hernández

SE INAUGURA la mañana: el ruido de los aviones,
el choque, la explosión, el humo, las sirenas...
¡Nueva York en llamas. Nueva York herida!

Llegan los asalariados del terror
truncando destinos y rompiendo sueños.
Aquí termina la subasta de poderes
la fortaleza de las estructuras.

De Nueva York, mi ciudad, yo quiero hablarles
y de un país con todos sus colores marchitados
de esta tristeza que penetra hasta los huesos
y hace llorar hasta las piedras.

Ninguna distancia nos separa
estoy al pie mirando aquellas torres
estoy arriba midiendo aquel abismo...
Me persiguen los cuerpos cayendo en el vacío
en desgarrado esfuerzo por salvarse
del fuego final que los sofoca.

Mío este día partido por lamentos
mía la herida abierta del terror
esa tierra que vuela
ese aire que quema
esa agua sólida de sangre
mío ese fuego purificador.

Se hace trizas mi lengua

y conjura esta larga pesadilla
en los zapatos aún con barro fresco
corremos, marcamos números de teléfono,
esperamos la más trágica noticia
en esta exhibición de cementerio...

Todo lo cubren escombros y cenizas
en esta atmósfera triste de septiembre
volvemos a casa, ansiando compartir en paz la mesa
no encontramos más los pensamientos
pero nos abrimos paso buscando un nuevo día
cuando la palabra viva NO sea guerra,
NO sea llanto.

SEPTEMBER ELEVENTH

Consuelo Hernández

THE MORNING UNFURLS: the din of airplanes
the crash, the explosion, the smoke, the sirens…
New York in flames! New York wounded!

Terror's henchmen have arrived
truncating destinies and crushing dreams.
The auctioneers of power stop here
the buildings no longer their fortress.

I want to tell you about my city, New York
about a country with wilted colors
about this sadness that cuts to the bone
and makes even stones cry.

No distance separates us
I am standing looking up at those towers
I am on top, measuring the fall…
Bodies falling into a void pursue me
in a clawing attempt to save themselves
from the final suffocating fire.

Mine, this broken day of sorrow
Mine, the open gash of terror
this flying earth
this burning air
this thick river of blood
mine, this purifying fire

My tongue is torn to shreds
and it conjures up this long nightmare
we run, our shoes caked in fresh mud
we dial phone numbers
awaiting the most tragic news
from this cemetery on display…

Debris and ashes cover everything
in these sad surroundings of September
we go home, eager to sit together in peace
we have no more thoughts
but we clear a path for a new day
when the words "long live" are NOT for war,
are NOT a desperate cry.

Translated from Spanish by Maureen Contreni

EVOCACIONES

Consuelo Hernández

TRÓPICA y tórrida me siento
repentinamente libre
en la borrasca abierta de mi calma.

Bajo blancos vestidos transitorios
medito en el eterno sonido del silencio
un ambiente enrarecido,
una infinita ciudad interior.

Me adelanté al tiempo
me convertí en profeta
precursora de aves migratorias
me bañé de música en un cuartito azul
sudando a goterones deliré
sobre arenas de playas desconocidas
copulé en las rocas como gaviota extraviada
incubé versos de esperanza.

Hoy regresas bajo este cielo tormentoso que me asusta
cumpliendo mis profecías
en la ribera de la memoria renaces
con Chopin, Scarlati, Danilo Pérez...

palpas las blancas y las negras
libre
en mi hoguera te consumo
rumias el amor
si te amé una vez
te amo eternamente
desde esta oquedad siempre en espera
que nos engulle
y nos vuelve estrellas
donde la pasión devora toda diferencia.

EVOCATIONS

Consuelo Hernández

I FEEL TROPICAL and torrid
free all of a sudden
in the open squall of my calm.

Beneath white provisional dresses
I meditate on the eternal sound of silence
a tense atmosphere,
an infinite internal city.

I got ahead of time
I became a prophet
heralding migratory birds
I bathed with music in a small blue room
pouring with sweat I raved
about the sand from unknown beaches
I mated on rocks like a lost seagull
I incubated verses of hope.

Today under this stormy sky that frightens me you come back
fulfilling my prophecies
on the banks of my memory, you are reborn
with Chopin, Scarlati, Danilo Pérez…

you touch the white ones and the black ones
free
I consume you in my bonfire
you ruminate on love
if I loved you once
I love you eternally
from this hollow, always in wait,
that gobble us up
and turns us into stars
where passion devours all difference.

Translated from Spanish by Maureen Contreni

EL TREN DE LA MUERTE

Consuelo Hernández

PARTEN DE MÉXICO en el tren de la muerte
sin taquillas, ni boletos, o documentos
se avientan nerviosos a los vagones del desierto
la frontera con "el coloso del norte"
en las enramadas los esperan soldados y policías
golpes, maltratos, voces que gritan "perros mojados…"

a su tierra ancestral van con imágenes rotas
de sus mujeres solas en la casita campesina
los hijos alelados colgados del delantal
y un mendrugo de tortilla ablandado con lágrimas
sueñan "trabajar bien en lo que sea por la comida"

El tren carga con la muerte a bordo, comandado por estafadores
prometen recogerlos en lugares sin estaciones
donde los soldados les roben el dinero
donde la policía observe y no intervenga
sofocados deambulan en el ferrocarril de temperaturas fieras
los alerta el repentino chirrido del freno
han llegado a un destino incierto, se inicia la nueva trayectoria…

Del tren de la muerte se deslizan por rieles interiores
marcados por un sello anticipado de prisioneros de guerra
del trabajo forzado contra convenciones internacionales
de huellas de sangre hacia la estación desolada
la noche cómplice los acompaña
un punto de luz anima la turba horrorizada
las estaciones de tristes habitantes
tramos de locura en vagones espectrales
más puentes y túneles existenciales.

El humo borra la ciudad soñolienta
y su familia se alza como bandera de esperanza,
porque la vida no sólo es sufrimiento

no siempre se muere en un hangar abandonado
ni se descarrila el destino que llueve su propia muerte...

En otra latitud madrugan los guerrilleros
reposan los escuadrones de la muerte
el poder omnímodo destruye los caminos
explota puentes y rutas ferroviarias
te vuelven añicos con métodos discretos

y un día un nuevo acorde viene de tu mar
el silbato anuncia tu senda reconstruida
polifonía del viaje, fin de tu estancamiento
de las serpentinas loco-motoras cargadas de dinamita
y un arco iris parte el cielo en dos mitades
la armonía de estrella de seis puntas
cicatriza las pesadillas de la guerra
de ciudades oníricas sepultadas en fango

el ferrocarril todo lo nivela en otro corolario de sorpresas
la sequedad de tantos años, náusea de rodar fuera de órbita
tiempo ido en el vuelo de la pluma
en toques de queda y agridulces ciclos
en la sucesión de números y la progresión desconocida

la coincidencia con el ángel desleal
ven otra cara del Vietnam
una guerra sin fusiles fusilada
de navajas cortantes, todos sangran
cuerpo herido, cuerpo confundido
vestidos de rojo por el cieno van
ecología humana con depredadores cerca
fotos en blanco y negro, amarillentas
último tren de los gorilas, cámara de gas
las flores llegan a otro domicilio
degluten engaños, palabras falsas
atraviesan la más férrea de las vías
el amor es desamor, la casa en llamas
el corazón a la merced del viento y ninguno es el viento favorable...

Vuelven doblegados después del largo túnel
con las lesiones todavía frescas
chillidos de ratas cruzan las sombras de los rieles que arañan la tierra

se cierra la puerta a los pasajeros que ya duermen
escriben su herida sobre otra herida
encarnan el tren de bananeros masacrados por la UFCO en Ciénaga
se ocultan en andenes desiertos del océano
atraviesan asientos, vagones, estaciones…

Sé que es mi manera de sentir estas cosas
todo es cuestión de relatividad
pero los inmigrantes han cruzado fronteras de carencias
y tal vez han tomado el tren equivocado
han perdido su estación y quisieran cancelar el viaje

bienvenidos al riel de mis imágenes
hacia ninguna parte voy
me descarrilé en el rechazo a los lunes, en la soledad de la era digital
me despido a oscuras, nos besamos en el andén final
eres un punto cercano a mi horizonte
me voy en procesión con las ventanas donde se masturba el huracán
con tu camiseta pegada a mi pecho
pero espérame porque el tren se anuncia a tiempo.

EAST OF KALAMAZOO

Tim Fitts

I HAD READ there are no wolverines south of the Upper Peninsula. Not true. I saw one myself as I doubled the speed limit on I-94, east of Kalamazoo, four a.m. The image of the animal appeared from right to left, emerging from the woods into my headlights, running half-monkey, half-cat onto the highway, then sucked underneath like a vacuum.

ÁLBUM DE LAS AUSENCIAS: ECO

Jorge Manzanilla

I

HABLA desde el eco toda aparición:

Mi padre
habla en el muro
y despierta a todos
los migrantes muertos
que no tienen lugar
en el descanso eterno.

Mi padre se asoma
por la ventana
y mira su infancia
extendida al olvido.
La eternidad está en el envés de los ojos.
Lo supe a través de mi padre
que lloró desde su sangre
y vive en el Álbum de las ausencias.

YO ME REFIERO A PAPÁ

Jorge Manzanilla

II

CUANDO SE DIBUJA el rostro del siempre ausente,
el siempre cuerpo sin espejo,
la misma mirada de vitral sin fondo,
la sed del día en plena rabia.
En la mano derecha mi puño traga el pulso de la hiel
En la mano izquierda, el milagro nunca sucede.

Sucederá el incendio, que de eso comemos,
Seremos píldora, seremos tumba
porque de esto estamos acostumbrados.

YO ME REFIERO A PAPÁ

Jorge Manzanilla

III

PAPÁ USÓ CRAYONES para dibujar la infancia. Lo que usted no sabe, es que está dibujando este poema, luego dibujará la memoria. Recordemos que en mi herida hay un pueblo muriendo de hambre.

EL DOLOR ES UN ANIMAL QUE HA MUERTO EN MI PECHO

Jorge Manzanilla

IV

LA VOZ DE MI padre me destierra del eco y de su sombra.
la voz de mi padre aún opaca los espejos,
la voz de mi padre abre la mañana y baja el telón de la noche,
la voz de mi padre repite el cruce de Juárez – El Paso
porque le sobra el tiempo y no se cansa de repetir su muerte.
La voz de mi padre juega con el silencio de mi cuerpo
y me voy sumiendo lentamente hacia dentro.
Tengo un pecho dentro de otro pecho
y una voz que descifra otra voz
que es precisamente, la de mi padre.

EL DOLOR ES UN ANIMAL QUE HA MUERTO EN MI PECHO

Jorge Manzanilla

V

REPITO TANTAS VECES "mi padre" para invocar lo invisible. Sé que en alguna repetición atravesará el Puente Norte y logrará la hazaña por la que perdió la vida. Una hazaña solar que todo inmigrante necesita. Repito tantas veces "mi padre, mi padre, mi padre", porque al nombrar una luz emerge entre Juárez y El Paso y forja palabras, que en algún momento, serán pronunciadas. Hable con sus hijos de noche, porque no sabemos cuántas veces veremos el amanecer en sus ojos. Repita el nombre de sus muertos y ponga una veladora y una Santa Muerte que acobije su Última Cena. Ponga un altar, porque en la Frontera, todos los días se celebra a los Santos Muertos y a los Santos Inocentes. Todo inmigrante es un pan de muerto que espera ser devorado por alguna constitución. Todo inmigrante morirá en el estómago de las patrullas fronterizas. Repita el nombre de sus muertos, no se canse, agote su voz, agote sus ojos. Quiero que usted tome esta página conmigo y evoque la oración por la que estamos reunidos. No pare. Estamos pronunciando al mismo tiempo nuestros muertos. Se aclara la página y su mente está proyectando los ojos de sus parientes caídos por un Sueño Americano. Yo ya tomé la veladora y trago la bilis y la angustia de un narrador invisible que ora atrás de mi oreja. Usted se cansa como yo y tira los brazos al suelo porque estamos huérfanos. Agarre su repetición y no apague la veladora, porque esto es la ausencia de un cuerpo.

ALTAR

Jorge Manzanilla

VI

ESTA SANTA MUERTE pide por el cruce y por la ceguera de la patrulla fronteriza. Vea su destino, mire a la familia que lo espera del otro lado. No hay malla, no hay muro, tampoco está su cuerpo. Su cuerpo está velando a mis muertos. Su cuerpo está orando para evocar a los caídos. Este altar abre los puntos cardinales y ora con mirra, son las tres de la mañana, son las tres de la mañana. Su cuerpo es un templo y yo soy su misa. Su cuerpo está en derrumbe y voy entrando por el ojo de su mano y por el cruce de El Paso – Juárez. Aquí está su padre, aquí está su noche.

La mesa está puesta.

LLUVIA EN OXFORD

Ilana Luna

SÁBADO, MADRUGADA en un país ajeno,
llueve quedito sobre la grama,
como si al cielo gris no le importaran los clichés.
El verdor, sin embargo, timbra
detrás del vaho que sale de mi boca.
La taza de café,
hecho con granos de otras latitudes,
las tuyas,
despide aromas y calor hecho nubosidades
que se forjan y se deshacen
evanescentes, quimeras.
El amanecer mío, que no es mío, es tu noche,
que tampoco es tuya.
Pienso, no concilié el sueño con mi cuerpo
mas me quedé tranquilamente contemplando
tus palabras,
las últimas líneas de la noche
disparadas con cierta atención
y cierto descuido.
Sonrío a pesar del desvelo,
descalza como estoy, como me gusta estar,
sintiendo el frío de la madera húmeda
debajo de mis pies,
la conexión milenaria con las vibraciones vegetales
también de otras latitudes.
¿Volveremos a estar en el mismo plano espacio-temporal?
me pregunto sin preocuparme demasiado
por la realidad de las cosas,
de que no eres mío, ni lo fuiste nunca,

ni lo serás, quizá.
Llueve, suave sobre la grama,
meticulosa como en los demás jardines de Oxford.
Estarás sorbiendo tu café a mi lado,
te imagino, tus libros en mano,
mirando el amanecer desde tu sueño americano.

RAIN IN OXFORD

Ilana Luna

SATURDAY, EARLY morning in a foreign land,
it rains softly on the lawn,
as if the grey sky didn't care about clichés.
The green, nevertheless, vibrates
from behind the steam that emanates from my mouth.
The cup of coffee,
made from beans from other latitudes,
yours,
emits aromas and heat-made-clouds
that become and are undone,
evanescent, mirages.
My sunrise, which is not mine, is your night,
which is also not yours.
I think, I couldn't reconcile sleep with my body
but still I peacefully contemplated
your words,
the last of the evening
sent with certain attention
and a certain carelessness.
I smile in spite of no sleep,
barefoot as I am, as I like to be,
feeling the cold of the damp wood
under my feet,
the millenary connection with vegetable vibrations
also from other latitudes.
Will we ever be in the same spatiotemporal plane?
I wonder without worrying too much
about the reality of things,
that you aren't mine, you have never been,

nor will you ever be, perhaps.
It is raining, softly on the lawn
meticulous like all the other gardens of Oxford.
You'll be sipping your coffee next to me,
I imagine you, with your books in hand,
gazing upon the daybreak from your American dream.

CACTUS TREES

Ilana Luna

She will love them when she sees them
They will lose her if they follow
And she only means to please them
And her heart is full and hollow
Like a cactus tree
While she's so busy being free.
---Joni Mitchell, Cactus Tree

EL PERRO TE PASEA a ti hoy,
Lo dejas que te guíe,
Sin prisas, sin rumbo,
los dos, a la deriva, siguiendo una lógica distinta a la habitual.

Te propones: haz lo que quieras hoy. Sólo hoy. Déjate al capricho del deseo que surja de tu centro. Pero no te sabes escuchar, no te entiendes, no te sueltas, ni del perro, que se empeña en husmear, con deleite, cada palo.

Basta de editarte, te dices,
no tengas miedo de que tus palabras sean tan peligrosas como para que te dejen de querer
por ser quién eres y cómo eres...
si fue por tus letras que te llegaron a querer. Tú.

¿Quién carajos eres, entonces?
¿Por qué el impulso de acorralarte, de hacerte más tragable, más amable, de contener tu exuberancia de hiedra, de no desear lo que deseas?
¿Y qué deseas?

Volver a casa... una casa desconocida o una casa del alma que siempre ha estado allí. ¿Quién vive en esa casa? ¿Quién trabaja?

¿Quién descansa? ¿Quién goza? ¿Quién come? ¿Quién caga? ¿Quién coge?

Y ¿qué diferencia hace si fue ayer que estuviste de rodillas,
en tu oficina con su verga en tu boca,
sus dedos enredados en tu cabellera,
o si fue hace 10 años sobre su escritorio,
tu falda ningún obstáculo a su urgente pulsión?
¿Y si él no es él sino es multitudinario?
¿Y si ya te cansaste de ser dadora de placer y dadora de vida? ¿Y si no?

¿Qué importa que sea real o ficticio,
que sus dedos encierren tu cuello,
que sus palabras te hieren o te exciten o te inspiren desprecio? Que sean muchos dedos, entrelazados, que pertenezcan a quienes te cuiden y no te destrocen, que se maravillen ante la luz que despides, al perderte dentro de ti, al volver a tus raíces melódicas.

¿Qué haces con la sensación de culpa por ser quien eres,
de querer de la forma en que quieres,
de ser voluble,
como el agua que se salta de su cauce,
que vuelve cambiada,
que sigue corriendo, siempre...?
De no poder pararte porque pararse implica la derrota.

El perro te voltea a ver.
Huele un arbusto con singular entusiasmo.
Tus pulmones se llenan de aire, de humo blanco,
de verdor desértico, esperpéntico.

Los saguaros son testigos silentes
de tu deseo difuso, heterodoxo, inasible.
De tu soledad y tu compañía,
de tu rigor y pereza, de tu agudeza y tu temor, de tu confusión y tu amor.

El desierto no te pide permiso para desatar sus tormentas repentinas.
El perro no te pide permiso para mear en esta esquina y en aquella

no.
Simplemente camina, hace, es.

El perro te pasea hoy, dividida como eres, entre el aquí y el allá, entre la plenitud y el vacío.

CACTUS TREES

Ilana Luna

She will love them when she sees them
They will lose her if they follow
And she only means to please them
And her heart is full and hollow
Like a cactus tree
While she's so busy being free.
---Joni Mitchell, Cactus Tree

THE DOG WALKS you today,
You let him guide you,
with no rush, no direction,
both of you, drifting, following a different logic than is habitual.

You resolve: do whatever you want today. Only today. Give yourself to the whims of desire that spring from your center. But you don't know how to listen to yourself, you don't understand, you don't unleash yourself, even from the dog, who is focused on sniffing each stick with delight.

Enough editing yourself, you say,
don't be afraid that your words are so dangerous that they won't love you anymore
because of who you are, and how you are…
when it was because of your letters that they came to love you. You.

Who the fuck are you, then?
Why the impulse to trap yourself, make yourself more palatable, more amiable, to contain your ivy-exuberance, to not desire what you desire?
And what do you desire?

To go home… an unknown home or a spiritual home that has always been there. Who lives in that house? Who works? Who rests? Who delights? Who eats? Who shits? Who fucks?

And what difference does it make if it was yesterday that you were on your knees,
in your office with his cock in your mouth,
his fingers tangled up in your hair,
or if it was 10 years ago on his desk,
your skirt no obstacle for his urgent pulsion?
And if he isn't himself but is multitudinous?
And if you've grown tired of being the giver of pleasure, the giver of life? And if not?

What does it matter if it is real or fictitious,
that his fingers enclose your neck,
that his words hurt you or excite you or inspire disdain?
May there be many fingers, intertwined, that belong to those who care for you and don't destroy you, that marvel at the light that you emit, when you are lost in yourself, returning to your melodic roots.

What do you do with this feeling of guilt for being who you are,
for loving the way that you want,
for being fickle,
like the water that springs from its course,
that returns changed,
that keeps running, always…?
For not being able to slow down because to stop means defeat.

The dog turns to look at you.
He smells a bush with singular enthusiasm.
Your lungs fill with air, white smoke,
with grotesque, desert green.

The saguaros are silent witnesses
to your vague, unorthodox, intangible desire.
To you solitude and your company,
your rigor and your laziness, your intensity and your fear, your confusion and your love.

The desert doesn't ask your permission to unleash its sudden storms.
The dog doesn't ask your permission to piss in this corner and not that one.
He simply walks, does, is.

The dog walks you today, divided as you are, between here and there, between plenitude and the abyss.

DIENTES DE LEONA

Ilana Luna

MI HIJA VOLTEA y se ríe:
"Ay, mi madre es una salvaje".
Lo dice con admiración en su voz,
y la aguja que me clava el más mínimo alfiler
al alma se suspende, a medio punzada.
"Ya sabes", dice mi hermana, "que es verdad".
Me sostiene la mano mientras mi voz tambalea.
A través de siglos, y fronteras, y cuerpos de agua.
Disfrútalo mientras dure, ¡así eres tú!
Y me detengo, pluma sobre papel,
epítetos pesando mi lengua.
Una parte de mí sabe que él no es lo bastante atrevido.
Quizá nadie lo sea ni lo será nunca.
Pero es difícil despojarse de las cosas bellas
que la vida te ha dado, y que no te las puedes quedar.
Y en ese consuelo sororo,
desmelenadas, riéndonos para superar otra
rodilla raspada, nos burlamos de nuestro propio dolor
porque no hay nada más que hacerle
cuando eres una diente de león pasando por tus ciclos:
Verde y arraigada, tenaz, pegajosa,
luego dorada y gloriosa, cara al sol,
luego liviana, etérea, lechosa, llorosa,
luego flotando sobre el viento, hecha añicos
Sólo para renacer, flor silvestre en otra parcela de
tierra desmoronada, o barro endurecido, o costra desértica.
Siempre echando raíces secretas. Siempre esperanzada, siempre libre.

DANDELIONS

Ilana Luna

MY DAUGHTER TURNS and laughs,
"Oh, my mother, she's a wild one."
She says so with admiration in her voice,
and the needle that jabs the tiniest of pinpricks,
to my soul is suspended, mid-stab.
"You know," says my sister, "it's true."
She holds my hand as my voice wobbles,
across centuries, and borders, and bodies of water.
Enjoy it, while it lasts, you always do!
And I pause, pen to paper,
epithets thick on my tongue.
Part of me knows he's not wild enough.
Maybe nobody is or ever will be.
But it is so hard to walk away from the beautiful things
that life has given you, and you may not keep.
And in that sisterly comfort,
wild-haired and laughing through another
scraped knee, we make fun of our own pain
because there is nothing else to do
when you are a dandelion cycling through your stages:
Green and rooted, tenacious, sticky,
then golden and glorious, face to the sun,
then wispy and ethereal, milky, weeping,
then floating on the wind, scattered to pieces
only to be reborn, a weed in some other patch of
crumbling earth, or hardened clay, or desert crust.
Always sneaking in roots. Always hopeful, always free.

ODA A LOS NÚMEROS PRIMOS

Yin Xiaoyuan

TU NOMBRE ES 'le seul'.

No se puede construir y es enigmáticamente inflexible.

Tan recto como una pluma, vívidamente blanco es el fragmento de hueso de entrelazados códigos fuente. No sabes desde cuando los labios de los cognoscenti comenzaron a hacer pruebas en ti: deseaban saber cómo huelen las aladas secuencias de los números binarios, que centellean entre el infinito positivo y negativo. ¿Ambarino? ¿O solo embriagadoramente oriental?

Su tosquedad obstaculizó su intento desesperado por alcanzarte; su deseo por desmontarse no les dejó más que desesperación y sucios guantes gastados.

Así como alguna vez dijo Alfonso de Polignac: hay una imagen idéntica a ti en el insondable universo, siempre a dos grados de distancia de donde te encuentras. Casi la sentiste algunas veces…No has escatimado vista y oído buscándola: aun así, te hundiste en un océano de moléculas...réplicas banales de las otras, y después, un páramo de dobles hélices que florecen y se marchitan de forma efímera. Todo lo que puede verse es filamentos agitados, extendiéndose a lo largo de fisuras entre grupos de estrellas, ¡cuyos destellos tenían sabor astringente!

Fuiste elegido entre todos los demás desde que eras un embrión maduro. Manos que el tiempo ha vuelto ásperas, peinaron y alisaron granos de maíz con calma sofisticada, así como Destino lo hizo con cientos de bytes de datos. El ibis ardiente de este condescendió hacia ellos como un destello de sabiduría - devotos ante ella, eliminaron la paja y el polvo mientras tú te aferrabas al centro de la malla brillante, como una mariposa exótica...te dejaron anidar entre sus dedos, te sostuvieron a la luz y murmuraron con acento mediterráneo: "¡Ciao!"

Las calles te han dado todos los colores, y los sonidos de la vida que están en un sistema paralelo al suyo. Cuando paseas por la playa, con las manos en los bolsillos, y los lugareños se aproximan ofreciéndote aceitunas y sardinas, pero no se pueden acercar, como si estuvieras caminando en este mismo lugar a diferentes horas del día. Se entregan a sus horas de neón mientras tu disfrutas tus días de zafiro. Gradualmente dejan de ser extraños para ser compañeros de baile, amantes y después rivales en el jolgorio de la oscuridad.

Las curvas de crecimiento de todo son invisibles menos para las estrellas: aparecen en olas esmeralda, se elevan de la debilidad a lo robusto maravillosamente, para después hundirse cada vez más cerca del cero. Igual que lo revela la frecuencia de los números primos, concluyen en decadencia igual que tú terminas en soledad. Estás destinado a ser el último cuerpo celeste sobre siete mil millas de tumbas.

[Narración 1] Cuando apartaste la mirada más allá de los rieles del tiempo, él se hizo visible emergiendo desde de la superficie de lo etéreo, brillando con vigor y tenacidad. Esos atributos suyos no perecen con el cuerpo, ni siquiera con el alma. Está encarnado en todas partes, en el clima, la energía e incluso en el Zen. Una teoría de raíces-tallos-hojas nunca podría desmitificar su origen o el dosel de arriba, que se remonta al tiempo Hadeano.

[Narración 2] Comparada con la historia del tiempo, voces fantasmagóricas que crujen por esas líneas no son nada más que gotas de líquido en los haces vasculares del universo. Oídos que las escuchan se alejarán tímidamente como hojas de otoño. A quien alcance el sonido de gotas de mercurio, será condenado.

Se ha mantenido en secreto que el destino de la raza humana había sido predicho desde antiguo, por la escala final de la que se levantó el menisco convexo.

Traducción de Frances Siman

HIERRO DE DOS SIGLOS DIFERENTES

Hai Shang

EN EL MAGNÍFICO MAPA de esta tierra surgieron las aguas torrenciales.

Imágenes de suntuosas vestimentas en constante evolución desde la dinastía Tang, se dirigen hacia adelante con el relato de la historia.
Como manuscritos inconclusos, agitados por el aliento de los truenos.
Un puente destruido se levanta en la amnesia de este siglo.
Un río llamado MUNDO se inundó sobre el pergamino de la antigua China, dividiendo así cientos de arroyos desde ese lugar.
Las huellas de los relámpagos eran similares: siempre cruzando los lindes de la sangre y los reinos
que dan inicio a las transmutaciones, como el rompehielos del enfrentamiento permanente.
¡Cómo temblaron en resonancias,
en las coordenadas de esta tierra maravillosa! Torciéndose y girando un extenso siglo más allá de otro, una milla desviada después de otra, representaban el cielo y la tierra.
En esta tierra, la gente bebe moralidad de su río madre
y se alimentan de la melodía de los tipos de madera.

En el límite de las plagas, elementos desconocidos fluyen mientras duermen.
Cuando el orden del universo cayó en manos de la nobleza,
en el antiguo camino surgieron los eruditos confucianos;
marchando sobre caballos, burros y mulas
miles de especies son espejo de adversidad.
Así nació el hierro, como un tipo de humanidad incubada del metal
que tocó el revestimiento de la naturaleza humana, profundamente.

Cuan recluso es el dios de los pájaros
más allá del gran río, la temporada de inundaciones se adelantó este año,
tiempo en que la gente suele avivar su trigo dorado
y acariciar a sus mujeres en el sueño de inicios del verano.

Detrás de sus almas, las esencias han sido devoradas por un virus.
Rebosante de religiones, la tierra de los Cinco Budas
ha sido testigo de épocas de tristeza con la reticencia del hierro.

Con todas las posibles bendiciones, él se lanzó a la meditación Zen.
Hay un río nublado para que el país lo cruce, para lo cual
necesitará hierro como elemento de soporte vital.
El peso y la dureza de una época
cuando el óxido era utilizado como reactivo para la sulfuración
La historia de la metalurgia recién comienza…

¡Hierro! Alguna vez despertó a Ceres
También estuvo de acuerdo en mezclarse con todo a su alrededor.
¡Mi épico hierro!
En las brisas antiguas que dispersan todas las virtudes
solo el olor del hierro no ha cambiado.

Traducción de Frances Siman

EL NUEVO RUBÁIYÁT

Sun Qian

1
ESTAS CUARTETAS de un vagabundo solitario no estaban
[destinadas para
la coronación de un imperio después de su resplandor.
Como brillo y reflejos en un jarrón de porcelana azul y blanco
dibujan pacíficamente el horizonte de radiante invierno.

2
Al captar una breve palabra, captas un milagro.
Cuando lo tomas con firmeza, obtienes huellas de fuego y
[mandamientos.
En la encrucijada laberíntica
difundes palabras para hacer oloroso tu jardín.

3
Como una horda de piedras azotada hacia adelante,
en ellas el impacto de las olas ha dejado rastros.
Allí encontraron suaves palabras, sus formas emblemáticas
como restos que dan un abrazo al sol perdido.

4
Tus canciones están colmadas de abetos sombríos
cargados de piedras y cubiertos de rosas desvaneciéndose;
silban huracanes a través de ellos
abandonando en la escarpa un trozo de ala de águila.

5
Lo efímero en tus palabras se desvanece rápidamente.
La tranquilidad no reside en ninguna parte sino en los corazones
[aterciopelados.

La luna de otoño es un funeral espectacular de flores de primera,
cuando las plantas descansaron en elegías y barras rítmicas

6
Constelaciones parpadean al olvido
se filtran a través del delta del dolor
como espirales de reminiscencia que se aferran a la mente
cubiertas de débil morosidad y llevadas al mañana.

7
Banderas de la cáscara que están hasta la cintura de cenizas
y salpicaduras de sangre se han convertido en óxido frío.
Cada hebra de sangre se divide en dos ríos subterráneos
con un olor similar al hierro, la sal y polvos aromáticos.

12
Bajo las cortinas de los oscuros copos de nieve
hiberna la cansada ciudad.
Un alma sombría que explota hacia el interior no puede resistir
el resplandor del cristal, adentro en lo profundo, fundiéndose con la
[nihilidad.

13
Nieve que nadie invitó surge de la nada,
una bóveda azul se arremolina entre tiernas manos,
manos de niños inocentes.
Fluyen melodías de bandas celestiales hacia la serenidad.

14
Un destello de increíble inspiración
y maravillosa fragancia que se libera.
Un hilo de etérea voz
y contacto semántico con la revelación.

19
Una brisa suspirante ha llegado de Jerusalén,
revolotea en un cielo de jazmines.
Esta brisa de eternidad de la ciudad santa
ha sostenido a peregrinos en sus horas de tortura.

21
Rasgos del paraíso
emergen de un espejo mundano,
a veces melifluo y fresco
a veces turbio y sombrío.

22
Él amansó llamas en rosas
hizo agua cálida de jasmín y narciso.
Él es la levadura de la inmortalidad
instantes transitorios que la iluminación y la calidez apenas pueden
[llenar.

Traducción de Frances Siman

LA LUNA MENGUANTE

Wang Ziliang

En el momento en que nací,
la luna menguante desapareció.
Cuando veo a mi vieja madre,
la misma luna menguante
asciende de nuevo.

MADRE, LA LUNA menguante va en ascenso.
Cosas misteriosas suceden siempre tras el cielo.
La flecha de tu voluntad, disparada por el arco de tu tono
revuelve el polvo mientras perfora la zanja de tu vida.

En las cañeras, la luna moribunda
difumina el atractivo del mar sobre las puntas de afiladas cuchillas.
La luna flota en el estanque de la noche,
golpeándola en la espalda y hundiendo su última mirada hasta el fondo.

Madre, la luna menguante simboliza
el cuerno de un sueño que canta una canción sin palabras.
Son los aretes de la oscuridad, los corchetes del cielo nocturno.

Oh madre, no tienes que abrir tus sombríos ojos.
La luna menguante va en ascenso.

Traducción de Frances Siman

FORJANDO

Langji Tianya

A VECES ERES sincero contigo mismo y reconoces que
la enfermedad es parte de la vida. Disfrutas estar enfermo.
Si la vida se pudre o se llena de gusanos, se puede culpar a los genes.

Buscar curarse es un arte.
¿Las buenas curas están en una pantalla o en un hospital psiquiátrico?
La personalidad es instantáneamente simplificada, no es cuestión de
[esquizofrenia.

Tu sufrimiento solamente servirá como fuente de inspiración para
[otro.
Un poema está siendo falsificado.

Similarmente, buscas el misterio del placebo, haciendo máscaras con
[palabras.

De pronto, sintiendo amargura en tu garganta, te acostumbras al
[hábito de retirarte.

La vida es efímera. Rápido, transmite tus virus.

Oh, luz.

Traducción de Frances Siman

LA NIEVE COMO PRETEXTO

Shanshui Ruge

TAN PRONTO COMO cae la nieve, las cosas se congelan
[en dos estados:
Lo terrible, lo hermoso.

Es lo terrible un resbalón del verbo fuera de la boca;
Es lo terrible avalanchas intermitentes en el corazón;
Es lo terrible un descarrilamiento inconsciente.

Y lo hermoso no es enumerable. El mensaje de las estaciones
llevadas a tiempo a tierras dubitativas; la inocencia de los niños
revolcándose con bolas de nieve; el saludo de un transeúnte
que te previene de caer.

Una fábula: un portador de copos de nieve de un grano de semilla.
La transmutación entre lo hermoso y lo terrible, la magia hormonal
[de un muñeco de nieve.

Traducción de Frances Siman

ODA A LA BÚSQUEDA DEL PLACER

Lu Kang

SI FUÉRAMOS un grupo de libélulas,
ese sería nuestro estro. Mis hermanas y yo.
disfrutaríamos de todas las actividades para obtener placer físico, de
[todas las formas intoxicantes y mortales
especialmente de paradas de cabeza, frívolo y ostentosamente
[fascinante.

Pero frecuentemente
solo habían tres o cinco libélulas volando rápidamente.
Esos niños traviesos que las persiguieron
me cortaron por mitad y me pusieron en sus cabezas como quitasol,
así que nos separamos, como estaba predestinado.

Después de que he soñado,
y cuando me voy desgastando lentamente
una libélula se desliza de cabeza
por la red hacia el filtro de agua.
Oleadas de placer recorren mi cuerpo.

Traducción de Frances Siman

EL GATO Y EL REYEZUELO

Xiang Yixian

DIVIDIDO por las ventanas francesas
el viejo asesino se convierte en una bestia respetuosa de la ley.
Además de los cambiantes tonos del otoño
el hambre revela la belleza vacía de una larga ausencia.

Un rayo de luz se inserta silenciosamente
para iluminar a los aprendices de cazador.
La piedra preciosa es más profunda, el oro más realista
incluso el marchito bambú se tiñe con la luz del sol.

Y un buen orador es ignorante, por lo tanto intrépido.
Este es el único medio de antagonismo,
vivir en nuestro propio mundo seguro
secretamente enamorado de todo: lombrices o manzanas verdes.

Incluso la pantera de bolsillo a la que le gusta matar.
El tiempo dice la verdad, los pájaros
son mucho más valientes que nosotros
las alas son más rápidas que inclinarse para saltar.

El negro antagonista se recluye
Desdeñoso, una distancia corta pero con polos opuestos
el inmenso jardín es enjaulado
la matanza se vuelve un juego poco a poco,

por lo que no hay motivo para tener miedo.
El desesperado corazón de la ambición está cambiando la situación
de los vientos y de las nubes;
dividido por los penachos y el pelo, la alegría y la tristeza,
se escuchan los latidos pero no los intercambios.

La libertad se dobla, el arco ornamental se ha cerrado
el pico de fuego y el gancho plateado afilan el arma de las palabras.
Vamos mi querido enemigo
un golpe letal es mejor que la soledad eterna.

Traducción de Frances Siman

RÉQUIEM PARA UN TREN

Yan Yi

Para las víctimas del accidente del tren
de alta velocidad que sucedió el 23/7

EL TREN CORRE por los números.
Una aguja, como la segunda manecilla de un reloj, gira hacia atrás
iluminando mil millas de vatios para la tormenta.

No encontrarás el infierno en ningún mapa, pero
todas las flores color piel florecen allí.
Un pasajero, una lágrima
solo fluyen por un segundo, y el tren
desaparece. Aún si para la siguiente estación los ojos están secos,
otro billete vuela al viento.

¡Excava!
Esta oxidada arqueología de los trenes.
Este modelo como un rompecabezas resuelto, creado con restos
[malditos de carne y hueso.
Esta persona hecha de muchas personas.
Este feto que decidió ir a casa,
y ahora hace una pausa en su próxima vida.

Dile al cuerpo: ven, máquina, gira sobre ella.
Dile a las extintas cenizas que ardan de nuevo.
Dile a la tumba, a las piedras, que se apilen juntas lentamente.
Dile al corazón, vuélvete corazón una vez más.
Solo no le des amor, ni sueños.
No le des sombras inaudibles,
verdades invisibles.
Desde que el tren de tu oreja y el tren de tu ojo
han inscrito las tumbas de cada uno, desde que la oscuridad
es más negra que la noche, y más larga.

Sigue adelante y parte con julio.
Tira tu celular, tus órdenes impresas,
desecha los encabezados de los periódicos.
Es mejor arrojar ambas manos a la palabra "tren"
separar todas las barras,
enterrarlas en la silenciosa tierra.

Agosto 2011

Traducción de Frances Siman

LEMURIA

Yang Zheng

FUE UNA ERA esculpida en oro,
mientras millones de criaturas surgieron,
patas delanteras aladas de casi-aves que se deslizan sobre la superficie
[del mar hirviente,
peces primitivos se elevaron como flechas silbando en el cielo.

En las sombras de las estrellas, los animales perseguían cada esquina
[solitaria.
Contra esta época de renacimiento y decadencia
los humanos se han desatado; ahora se mantienen alejados de la residencia de los dioses, quienes, con su mayor elegancia y turbiedad,
nos hicieron preguntarnos:
¿Somos nosotros, después de todo, grafiti en el gran lienzo de la
[tierra enmarcada por el horizonte?

¡Una fruta se agrieta en el alud de preguntas! Un extraño
me sostuvo y juntos caímos en el vacío mental.
Tú te abriste vistiendo tonos escarlata de calidez en tus pulmones, y
[esperaste…por mí.
Todo fue dividido entre diminutas estructuras simétricas.

¿No estás cansado del eterno aire de calma, dioses en el cielo?
La inmortalidad es una enfermedad fatal, y todas las criaturas
[vivientes
deliraban, hinchadas de morbosa certeza y celo.
¡No te lo tomes en serio, muñecas de tamaño natural!

Dentro de las fronteras del país de Chatters, delineado por la luna menguante,

había títeres bailando, practicando ventriloquia bajo el tema de "un cráneo corriendo".
Un zorro volador en llamas, abriendo sus clarividentes ojos, nos
[miraba desde el más allá:
¡Solo el demonio es impecable!

Es el único motor que ha impulsado
la evolución de todo, mientras el abismo irradiaba destellos rubí y
[esmeralda…
¡La existencia misma se apoyó sobre los pilares de la teoría dialéctica!
Todos los humanos caminaron sobre la tierra en holgados sudarios, empapados en las salpicadas lágrimas de las estrellas, que finalmente se volvieron invisibles.

¡Cúmulos de nubes para guardar todo! Un dragón se ha apoderado
[del insuperable pase antiguo
pero el atronador grito de una grúa lo detuvo lejos.
Las cosas que estaban en la pila de huesos se abrasaron y se hicieron
[cenizas.
Es allí donde se originó un río sin orillas, con rotas cadenas de
[tiempo que flotan sobre la superficie.

¡El padre desciende cubierto con su brillante halo dorado! Sus zapatos de hierba han dejado huellas en las montañas de jade. Ahora sus dedos fototrópicos apuntan a la capa opuesta donde se crían las virtudes.
Las nubes se desplegaron claramente como en la retórica, y
[mantuvieron Lemuria
bajo su dosel. ¡Oye, Mesías!

¡El rey de todos los martillos! Como una corpulenta figura-que-será, se aferró a su delirante adolescencia.
Cuando su bastón golpea la acera
revela los augurios de una tormenta que se gesta. La gravedad

tiene supremacía, sobre todo, y cuando el elemento del fuego
miró hacia atrás, no vio más que cenizas
El país de Lengua de Cola de Golondrina, el país de Dedos
[Cruzados, el país de Viscerales,
Humano, espantapájaros patético que ha alineado al mundo, hijastro

[de lo que eres, ¿en la tierra?

Todos los materiales no son más que basura, inmersos en la quietud.
Tan puro es el demonio, no hace más que duplicarse,
la naturaleza humana es algo más, siempre discerniendo algo,
siempre tratando de convencer a su propio corazón que se retuerce
en el patíbulo.

¡La libertad! Actúa como una doncella reservada
mientras su madre patria soportó un ingobernable deseo interno de
[florecer.
En la tierra del ingente otoño, el grial rebosa sangre
y al lado del viejo yunque, una golondrina trae a estos una nueva era.

Nota: El país de Lengua de Cola de Golondrina, el país de Dedos Cruzados, el país de Viscerales, son todos nombres del Libro de las Montañas y los Mares: en la zona salvaje del Sur.

Traducción de Frances Siman

LAS CICATRICES AVANZAN

Alejandra Sequeira

El espacio liso no cesa de ser traducido,
trasvasado a un espacio estriado; y el espacio estriado
es constantemente restituido, devuelto a un espacio liso.

Gilles Deleuze

LAS CICATRICES avanzan
como cebras desbocadas   pero
un deseo de curarse las contiene.

El desierto extiende su bálsamo de arena
sobre el pliegue indómito
pero
no logra que vuelva al sendero.

Cada día es distinto.
Lo que no cambia es la lucha entre las formas.

BLANCO SILENCIO/ LEJANÍA ESPESA

Alejandra Sequeira

AHÍ DONDE EL SILENCIO se convierte en minerales y la
[luz se suspende en el tiempo.
Ahí donde el deseo es neutro
y la mirada no encuentra dónde reclinarse
el desierto
y su blancura salvaje.

Ahí hay algo que se desvanece en el instante
el rostro
las manos de mi amado
la voz de mi madre
mi hermano que atraviesa la espesura en busca del camino
que nos lleve a casa.

DIANA Y EROS

Amado Nervo

NO SE VIO JAMÁS, desde que los hombres tienen historia y registran por medio de aparatos precisos los fenómenos exteriores, sucesión tan descabellada y agresiva de tormentas.

El mes de Julio, que, dentro de la relatividad de las estaciones, suele ser un mes de serenidad atmosférica, prodigó primero nublados, luego lluvias persistentes.

Agosto trajo huracanes y aguaceros.

Nadie en estos dos meses vio el sol; el cielo era un caos plomizo, imponente, de una hosquedad que ponía miedo.

Pero Septiembre fue peor aún.

Naufragios sin cuento, grandes trasatlánticos hechos astillas. Colosos como el Mauritania, el Lusitania, el Olimpic mismo, sacudidos por las olas rabiosas como míseros corchos...

Los astrónomos quisieron explicar aquello como explican todo lo inexplicable de la enigmática meteorología: echándole la culpa al sol.

El sol, además de su período undecenal de actividad, pasaba por una crisis. Sin duda habían aparecido en la superficie grandes manchas.

Flammarión dio una hermosa conferencia acerca de esto en el Hotel des Sociétés Savantes, ante la masa curiosa y sumisa de los miembros de la Sociedad Astronómica de Francia.

El abate Moreux lamentó que la horrible persistencia de las nubes le impidiese, con su usual destreza, dibujar esas manchas, tales, que cinco tierras pudieran caer en su vértice, como cinco cañamones en un vaso...

Charles Normann escribió un artículo de vulgarización en el Matin, explicando debidamente lo que eran las manchas, su influencia magnética formidable al pasar por el meridiano, las teorías que se habían sucedido acerca de ellas, todas, según él, absurdas, menos la última (que era la que profesaba Nordmann).

En los Estados Unidos, Pickering y Percival Lowell, entre otros, dijeron cosas muy luminosas también.

El público se convenció de que las picaras manchas tenían la culpa de todo y, ante la invencible fatalidad del caso, esperó a que se serenase el Dios... el ígneo Dios cuya diestra balancea el planeta, mientras él mismo cae en las cimas etéreas hacia la Vega de la Lira...

*

La conflagración fue cediendo. Los ciclones plegaron sus alas negras. Las olas, encrestadas de espuma, tornaron al muelle ritmo habitual; las lluvias recogieron sus hilos de cristal... y un día los hijos de los hombres volvieron a ver el azul del cielo esplendoroso, incólume...

El Dios convulso bogaba ahora como transfigurado, como más áureo y radioso, torrificando la naturaleza, ayer transida de angustia y de frío.

Era por Octubre.

Las hojas de los árboles se encendían, cobrizas o doradas, en perspectivas metálicas y augustas, recortándose netas sobre la turquesa atmosférica.

Los hijos de los hombres volvieron a sonreír, a amar... y a pensar, sobre todo, en la sopa y en los negocios.

Aquel día, un lunes por cierto, la actividad en el planeta era inenarrable.

A ella fue, sin embargo, sustituyéndose la paz natural de la tarde, una tibia tarde ideal, que parecía de Agosto...

La luna, en el primer cuarto, empezó a derramar su nácar fluido en la paz celeste.

Y de pronto, los que miraban al cielo advirtieron que por el occidente, hacia donde se había despejado el sol, asomaba... ¡otra luna! muy más pequeña, pero por todo extremo hermosa; un disco verde, de un verde esmeralda, en el cual se advertían varias manchas irregulares, color de avellana.

Un matiz nunca visto entintaba divinamente todas las cosas... El nácar de la gran luna fundíase con el verde de la nueva, derramando tonalidades de misterio.

Experimentábase la sensación punzante y extraña de hallarse uno en otro planeta...

*

Los astrónomos explicaron después el fenómeno, el inesperado fenómeno.

«Sabemos— dijeron -que, según la discutida ley de Bade, hay intervalos aritméticos entre los diversos cuerpos que giran alrededor del sol. El quinto número de la serie: el 2'8, no correspondía a orbe ninguno al iniciarse esta ley, es decir, que ella era cierta con respecto a los planetas todos, menos en un intervalo.»

Forzosamente en él había un planeta: el planeta hipotético de Kepler.

Se le buscó por ingeniosos métodos y no se le encontró; pero se halló algo más; se han encontrado hasta la fecha como quinientos asteroides, fragmentos de un mundo que reventó, quizás como una gran caldera, a impulsos de la presión del vapor, de un mundo cuyo tamaño era incomparable al de la tierra y que giraba, hace unos millones de años, a una distancia del sol representada por el número 2'8, cifra admirable, corroboradora de la ley de Bade.

Este mundo deshecho está en pedruscos, en más de quinientos pedruscos. El mayor de ellos, Ceres, mide apenas unos 1.000 kilómetros.

Casi todos giran entre Marte y Júpiter, pero algunos tienen órbitas que los acercan, a veces demasiado, a nuestra tierra; Eros, por ejemplo, que ha servido para medir, en 1900, la paralaje solar.

Ceres, Pallas, Juno, Vesta, en ocasiones, pueden contemplarse con buenos gemelos.

Ahora bien: quién sabe qué estupenda coincidencia astral, quién sabe qué aproximación portentosa ha hecho que la tierra capture entre las mallas invisibles de su atracción uno de esos asteroides.

¿Cuál? Eros quizá (el planeta 433).

Esto la ciencia lo ha de comprobar en breve... mas de todas suertes, un asteroide ha sido preso por la tierra, y ya de hoy más nos acompañará como segundo satélite en nuestra caída por el abismo...

*

Y he aquí cómo desde entonces, ¡oh Damiana, ideal mío!, los poetas poseemos dos lunas: Diana y Eros, que divinizan las noches serenas, rimando en ellas el verde y el nácar de su apacible luz...

DIANA AND EROS

Lacie Rae Buckwater Cunningham

THIS SHORT STORY is a piece of Science Fiction that relates the stories of natural disasters that hang in the balance between the gods' capriciousness, academic explanations, spots and asteroids. Nervo's opaque prose mirrors the mysterious and otherworldly perplexities found within the story. He begs the reader to look between the lines and also between worlds. The culmination of this work ends with a beautifully poetic call to Diana (to the moon, to nature) and to Eros, whose pull of desire, as I read it, plays with transformative gravities.

DIANA AND EROS

Amado Nervo

SUCH THINGS WERE NEVER SEEN AGAIN. Not since man made history. They are recorded here, measured with the most precise tools; these are the following otherworldly phenomena: a series wild, aggressive storms.

First there was July: a month which normally boasts relatively serene atmospheric conditions, but the clouds had thickened. Then came the persistent rains.

August brought hurricanes and torrential downpours.

No one saw the sun for two months. There was an imposing chaos, a heaviness in the sky so bleak that it struck fear in the hearts of men.

But September was even worse.

There were countless shipwrecks, transatlantic vessels that merely splintered away at sea. Titanics, like the Mauritania, Lusitania, even the Olimpic itself, all of them shaken by raging waves, reduced to paltry, bobbing corks.

The astronomers wanted to explain all of this in the same way that they explain everything that is inexplicable about our enigmatic meteorology: by blaming the sun.

The sun, besides being in its eleventh cycle, was also in crisis. Large, unmistakable spots had appeared on its surface.

Flammarion lectured brilliantly about all of this at the Hotel des Sociétés Savantes where a curious and submissive crowd comprised of the members of the Astronomical Society of France gathered.

Moreux the cleric lamented that the horrible, unrelenting clouds prevented him, with his usual artfulness, from drawing the sun's spots, deftly, so that their five worlds met and curved, like seeds falling into a glass.

Charles Normann wrote a column in the Matin, duly explaining, in layman's terms, what those spots were, their formidable displays of magnetic force when passing through the meridian. He reviewed a range of theories that had cropped up about them, all of which, according to him, were absurd, except for the last one (–that was Nordmann's theory).

In the United States, Pickering and Percival Lowell, too, among others, said brilliant things.

The public was convinced that everything could be blamed on those mischievous spots. In this seemingly invincible fatalism; one waited, hoped, for God to calm down...the same firy, volcanic God whose right hand balanced the planet, while he himself fell from the heavenly peaks towards *Vega de la Lira* ...

*

The inferno was giving way; the cyclones, surrendered, lowering their black wings. The waves, edged with foam, now regained a steady, soft rhythm; the rains returned to a clear trickle... and one day the children of men saw again the splendid azure of an unblemished sky.

The tormented God had emerged, now transformed in glory; his radiance scorched the earth, which only yesterday had suffered in frozen anguish.

It happened in October.

The leaves of the trees were ablaze, copper or was it gold? The hallowed, metallic shades formed silhouettes like nets imprinted on the turquoise atmosphere.

The children of men smiled again, they loved, and thought about, above all, gossip and business.

That day, it was a Monday, by the way, what happened to the planet was indescribable. It seemed like a calm afternoon, a feebly ideal afternoon. It felt like August...until everything changed.

The First Quarter Moon overflowed, spilling a pearly fluid across the once peaceful heavens.

And suddenly, the men looked to the sky and noticed that in the west, towards where the sun had gone down, it appeared... another moon! It was much smaller, but by all measures just as beautiful; a green disc, emerald green, in which one could see several irregular spots that were the color of hazelnuts.

A hue never before seen gloriously shaded everything as far as the eye could see. The great moon's pearl melded with the verdant new moon, and their pigments blurred in a mysterious haze. One had the strange, stinging sensation of being transported to another planet.

*

After this anomaly, the astronomers explained the following:

We know, they said, that, according to Bade's disputed law, there are arithmetical intervals between the various bodies that revolve around the sun.

The fifth number of the series: the 2'8, did not correspond to any orb when this law was set into motion; this law applies to all planets, except to one interval.

Inevitably, in this interval, there was a planet: the hypothetical planet of Kepler.

Using all manner of ingenuity, we searched for it, but the planet would not be found. What we did find was something else. To date, we have discovered five hundred asteroids. They are fragments of another world that exploded, like a boiler that bursts under pressure and steam. It was a world whose size was incomparable to that of the earth. Millions of years ago, it revolved at a distance of 2’8 around the sun. That number, 2'8, is the figure that proves Bade's law.

That world is in pieces, in boulders, more than five hundred boulders, in fact.

The largest of them, Ceres, measures only about 1,000 kilometers.

Almost all of them revolve around Mars and Jupiter, but some have orbits that bring them closer, sometimes too close, to our land; Eros, which was useful, however, in 1900, in order to measure the solar parallax.

One can gaze upon Ceres, Pallas, Juno, Vesta, sometimes, with a good pair of binoculars.

Now, who knows by what cosmic coincidence, who knows what ominous interstellar calculation caused the asteroides to be captured in Earth’s imperceptible nets?

How? Eros, maybe (the planet 433).

Science will tell us soon. As fate allowed, our earth imprisoned the asteroide, and it will follow us, from now on, into the abyss like a satellite.

*

And, so, from then on (Oh Damiana, my idol) we poets have

had two moons; Diana and Eros, who turn still nights into gods,
sewing their rhymes into green and pearl and placid light.

Translated by Lacie Rae Buckwater Cunningham

1971

Cristina Rentería Garita

TENGO 6 AÑOS. Mi mamá dice que todos tenemos manos para trabajar, pero Isabel está conmigo porque alguien tiene que cuidar la casa.

–Quiero hacer.

Isabel deja de barrer, me agarra la mano. No me gusta ir solo al agujero negro. Me baja los pantalones y apunto. Mi chorro se oye, llena de blandito la tierra cuando se moja. A lo mejor, por eso, se asoman esas cucarachas grandes y gordas.

–Ya.

Isabel me sube el pantalón y corro a la calle, a mi montaña de tierra. Ella camina detrás de mí, despacito, como hacen las mujeres cuando terminan algo que sólo ellas saben hacer. Se recarga en la escoba: mira a los perros rascarse detrás de las orejas, mira el juego de canicas entre Pepe Carita y Valioso Martín, mira los humos de las cocinas.

Yo agarro puños de tierra y me los echo en las piernas. Veo el río, los árboles, unos Catas subiendo la calle. Isabel aprieta el palo de la escoba. El Cata grande agarra camino hacia el juego de canicas; el Cata chico viene a mi bulto de tierra. Siento mi mano haciendo un polvorón apretado.

–¡Ítate!

El Cata chico se sube a mi tierra, me empuja. Yo ruedo de lado, con mi polvorón en la mano. Tengo muchas ganas de llorar. Isabel viene corriendo con sus pies sin zapatos.

–¡Oyes, pinchi chamaco!

El Cata chico está sentado en mi lugar. Isabel abre la mano y le da y le da y le da. El chico de los Catas llora fuerte, llora mucho. Isabel me abraza y me carga. Me da un beso, luego otro. Mis pies cuelgan sobre sus rodillas. Llegamos a la puerta del zaguán. Se me van cayendo trozos de polvorón por el camino.

En las canicas, el Cata grande oye los chillidos de su hermano.

Viene. Isabel agarra la escoba recargada en la pared. El Cata chico tiene un camino de lágrimas marcado en la cara.

–Con que zurrándote a mi hermano, pinche montera.

–Él le pegó primero al mío.

–Será porque es un pendejo, como tú.

Isabel se ve muy chiquita, tan flaca, metida en ese vestido verde que le queda grande, que mi mamá compró a la señora de la ropa usada. Aprieta la escoba con la mano y se pone en frente de mí.

–Yo no madreo viejas, a ver si muy girita con mi hermana.

El Cata grande chifla, Tuutuuuuuuuuuu. Yo me asusto. Leonor es grande y estamos solos. Camino abajo, la veo con Felipa. El Cata chico llora más fuerte, quiere que lo oigan. Leonor mira a mi hermana; Felipa corre, abraza al Cata chico y él nos señala con su dedo.

–Está pendeja se madreó al manito.

–Ora sí ya te cargóla chingada.

Pepe Carita y Valioso Martín dejan el partido. Quieren ver cómo Leonor se pelea con otras niñas, les gana y luego las obliga a hacer lo que ella dice. Isabel pone su espalda en el zaguán y aprieta los dedos en la escoba, pero Leonor la agarra de los pelos, la arrastra hasta mi montaña de tierra.

–Pinche cagona, ¿apoco ya te ibas a meter?

El Cata chico ya no llora. Felipa le levanta el brazo.

–¡Pinche pendeja!, dile pinche pendeja, manito.

–¡Inche endeja!

Tengo mucho miedo. Entre mis lágrimas, encuentro los ojos de Isabel. Leonor está encima de ella, dándole con las manos abiertas. Mi hermana se tapa la cara con los brazos cruzados. Junto a mí, la escoba. Todos miran: nadie va a ayudar a mi hermana.

Isabel aguanta con un brazo tapándose la cara, con el otro intenta dar algún manotazo. Leonor levanta la falda de mi hermana.

–Miren, ¡la montera tiene los cazones rotos!

Pepe Carita y Valioso Martín se asoman. Todos se ríen.

–¡Pinche jodida!

–¡Inche ojida!

Leonor pega con la mano abierta. Mi hermana le agarra la mano, la muerde. Leonor pega, otra vez y otra, pero mi hermana no suelta, cierra los ojos, aguanta. Leonor sangra. Cae al piso.

–Hija de la chingada…

Mi hermana se pone en cuatro patas, como un perro. Se sube

en Leonor y le da con las manos abiertas, rápido. Hunde las uñas en la tierra, la avienta en la boca de Leonor. Tiene un ritmo, pega, echa tierra, pega, echa tierra. Veo sus ojos apurados, con miedo; como cuando no ha acabado el quiacer y mi mamá ya va a llegar.

–Ya párale, me rindo.

Isabel le da otro golpe, el más fuerte de todos. Yo veo sus pies sin zapatos llenos de tierra, su vestido verde: parece vestida con un costal. Viene conmigo, despeinada y con la cara roja de los manazos.

–Pinche montera, te voy a acusar.

Todo se acomoda en su lugar: Pepe Carita y Valioso Martín dicen que el partido iba empates; se les pega el Cata grande. Leonor se echa a correr. Felipa y el Cata chico la siguen. Isabel se mete en la casa. Nos ponemos detrás del zaguán; la abrazo, me estiro y le doy un beso. Tiene el cachete caliente.

Abajo, cerca del río, oímos un grito de la Cata Mayor. Isabel me mira: quiere cerrar la puerta. Yo muevo la cabeza, le digo que no: aquí en Mayorazgo no se cierran las puertas de día. Me asomo por el zaguán. Veo a la Cata Mayor subiendo la calle. Se viste como mi mamá, pero es prieta y con la boca pintada de rojo. Leonor camina rápido atrás de ella, intentando ir a su lado. Veo los ojos de mi hermana. Tenemos miedo: la Cata quemó la cárcel y todavía le debe 20 pesos a mi mamá.

Isabel sale del zaguán. La agarro de la mano.

–¿Quién fue la que te pegó?

–Esta, mamita.

–¿Esta flaca?

–Sí, mamita.

La Cata Mayor ya no nos mira. Agarra a Leonor de la oreja y le da una cachetada.

–Por perder.

FLOWERS OF MY FRIENDS

Ewa Mazierska

IT IS ASSUMED that all women love flowers, but typically it means that they enjoy receiving them from men who are in love with them. However, the women I have in mind never cared much about receiving flowers from men and, if they did, it wasn't enough; they wanted to be masters of their flowers. I also wanted to fall into this category, but it didn't work out that way; even cacti dried out and died under my care. Hence, I stopped cultivating my own pot flowers and then even buying cut flowers as I realised that this amounts to supporting the 'flower slaughter industry'. Currently, I admire flowers almost exclusively via intermediaries. Two such intermediaries I hold in my memory most vividly because, in their cult of flowers, they went further than anybody I know of whilst, at the same time, their attitude to flowers couldn't be more different from each other.

Lena or My Flowers Are Enough

The first was my Austrian friend, Lena. Lena was a singer in a band named Lost, first consisting of three and then only two members. The band gained some popularity in their country in the 1990s before quietly sinking into oblivion; this being except for a handful of fans who, myself included, made up for Lost's wider recognition with their utter devotion. I was especially haunted by the mermaid voice of the singer. Although I did not perceive myself as the groupie type, I wanted to learn who was behind the voice and the lyrics which were, true to the band's name, about loss, harm, and disappointment. There was defiance in Lena's voice, as if the siren wanted to persuade her followers that suffering loss was a gift, but not because 'what does not kill me, makes me stronger', as in the Nietzsche aphorism, but rather because 'what kills me, gives me immortality'.

After several failed attempts to contact Lena, I got her e-mail address from one of Lost's most devoted fans, although accompanied with a warning that she would be unlikely to reply. Days and weeks passed without any response and eventually I stopped waiting and had even forgotten that I'd written to her. But then, as it often happens to me, when hope is lost, the dream comes true and Lena replied, although only to tell me that she had nothing really to say about the band and her old life as a singer.

She moved on, had a different job and different interests. But I replied that I didn't mind and wanted to meet her anyway. She agreed, although with numerous conditions attached such as; I couldn't bring anybody to our meeting; that she would have only one hour for me; and that we would meet in a place of her choosing. None of these conditions were difficult to fulfil, so I agreed but, due to my work, the meeting could not take place for the next half a year anyway. In the meantime we started to write to each other with great intensity, on occasions exchanging three e-mails per day. Practically as soon as she decided that I deserved her trust, Lena started to send me photographs of flowers. There were several interesting things about them. First, the flowers were never placed against any background – they filled the entire photograph and it was tempting to conjecture that she didn't want to contextualise them; they were meant to remain timeless and placeless and most likely she expected the same attitude from the recipients of these photos. I thus refrained from asking her where she had taken these photos, although I assumed that the shots came mostly from Augarten, Vienna's famous Baroque public park, because she'd written that she lived nearby and had described her walks there. Second, the flowers were never young, always mature; as if they were a metonymy of the photographer who, by this point, was in her late forties. She also sent a series of photos of old and withered flowers. These were most likely from Vienna's main cemetery, the Zentralfriedhof, and there was something ethereal about them. Like Lena's singing, they invited one to follow them or enter them, as if they were the mythical vaginas, dentatas or abysses, concealing their caverns behind delicate yellow or pink petals, on occasion folded like pillows and quilts made of silk. I couldn't miss the horror vacui.

By the time we met for the first time, I had over a hundred photos of Lena's flowers and was about to start to catalogue them, as if in anticipation of the moment when I would write about them. Our first meeting was in a café near Augarten, one of those where patrons are allowed to smoke as Lena was a heavy smoker; a trait which I admired given that most middle-aged women I knew boringly obsessed about their health and appearance. Because I'd seen her on the covers of Lost's records and a couple of their videos available on YouTube, it wasn't difficult to recognise her. This doesn't mean that she hadn't changed from how she looked in those twenty-year old videos. On the contrary, she had changed a lot; in essence losing her former good looks and becoming old and haggard. However, the process of aging sharpened everything that was distinct about her, such as her narrow and slightly hooked nose, her high cheekbones, and long fingers. Gum disease and many years smoking had made her teeth dark, crooked, loose and protruding, as if they wanted to escape from her mouth. When she wasn't talking she kept her mouth compressed, which gave her a severe look. The mermaid had changed into a witch and this was fine by me, as I regarded it as the natural trajectory of a mermaid.

We had a meal for which she paid half the bill, as she was careful not to owe anything to anybody, even – or perhaps especially – her fans. Then we went to Augarten. It was late May, the wonderful period when even the pessimists cannot argue that summer is coming. There were plenty of flowers in the park, but Lena, as for the flower lover she presented herself to me, was surprisingly inattentive. It was me who had to stop her, when I noticed a particularly beautiful plant to draw her attention to. After the walk we went to a café and drank wine. She told me more about her life and her disappointments: her reckless mother who gave birth to her when she was only sixteen and then left her in the care of Lena's aunt (her father was so absent in her life that she even didn't mention him); the lovers who abandoned her, on occasions for men; and girlfriends, with whom she parted upon discovering they had nothing in common, her being a rebel and them being conventional. Her story was that of a shrinking social world and eventually gravitating in on oneself; a kind of big bang in reverse. I realised that this contraction of her world was documented best in Lena's final record which included the song 'My Flowers Are Enough', her spinster manifesto, which listed all the things the protagonist banished from her life or never had: children, lovers, pets, a house (as opposed to a rented flat) for the glory of being locked in her ivory tower.

Although Lena had scheduled our liaison to last only an hour, we spent half the day together, eventually parting at the metro stop near her apartment, slightly drunk. The next day I had some other business in Vienna and then returned to England without visiting Lena in her rented 'ivory tower', because she didn't invite me there. We repeated this routine twice or three times. I enjoyed our meetings, although on the last occasion we were slowly running out of topics and, at the same time, we had failed to reach the stage where we were comfortable to sit and say nothing, maybe because restaurants and cafés do not lend themselves to sitting in silence.

I would never have seen where Lena lived, were it not for the fact that on my last visit I had an accident – I tripped on a protruding slab of pavement and hurt myself. Blood was pouring from my knees, my hands and my face, and all this happened practically in front of Lena's block. It felt like she had no choice but to take me in there and dress my wounds. We climbed to the fourth floor, me hobbling behind her as she strode resentfully ahead, and then entered her small abode – a one-bedroom apartment with an extra room fulfilling the function of a dining and a living room. It was neither as small nor as shabby as I expected, but it was weird. There were many flowers there, but all of them were dry, with their heads hanging down, as if they were convicts who died after a long torture. What shocked me even more was that, contrary to the impression she'd given previously, she did not grant her flowers autonomous existence, but used them to decorate her numerous photographs, ranging from the time she was a teenager to her most recent incarnations. This was like in Henry James' 'The Altar of the Dead', except that on this occasion the supposedly Dead was still alive and it was Lena. With my internal eye I saw the next stage – Lena lying there in a coffin, covered by these dead flowers.

Shortly after this visit our friendship dissolved. She stopped replying to my e-mails which, by this point, I was sending out of duty rather than pleasure, and she told the man who put us in touch that she found me boring.

Aga or Where Have All the Flowers Gone

It came first as a surprise to me that my friend Aga, who, like myself, was Polish and came from Łódź, got interested in flowers in her early fifties because, before she reached this age, she had many opportunities to learn about plants. This was because Roman, her ex-husband, had a gardening business and he used their apartment as its extension. He kept seeds there and experimented with plants, crossbreeding flowers and creating miniatures so that they'd fit in minute glass containers, not unlike a ship in a bottle. He was always on the verge of some botanic discovery, which was meant to bring him a fortune, but this never happened, at least not before Aga and Roman divorced.

I realised that Roman's job, rather than make Aga love plants, put her off them – they reminded her of a man whom she wanted to get rid of from her life. More time had to pass before she was ready to embrace them because, after the couple split, Aga got herself two cats who turned out to be extremely disruptive. They trashed everything that got in their way and they were particularly vicious to anything which they found on the windowsill, a portal to their freedom. It was only when one cat was killed by a car, when he jumped out to the street from the window, and the other died from cancer that Aga started to think about different companions. Initially, she bought several pot plants, some violets, one orchid and miniature chrysanthemums; the last not even for keeping but to take to the grave of her parents. Yet, once she put the pot of chrysanthemums next to the violets and orchids, she lost the will to part with them, thinking that it wasn't the fault of the chrysanthemums that they were regarded as more suitable to cemeteries than balconies. She kissed the small yellow-brown flowers, whispering: 'I won't let you go,' and put them on the windowsill in her bedroom between the violets and the orchids, as if to prove that chrysanthemums were of the same stature as orchids. And so Aga's story as a rescuer of flowers began. Soon she started to visit florists, asking if they had any spoiled pot flowers. The florists initially treated her with suspicion, thinking she was a tax collector or a waste inspector, or at best an eccentric to be avoided, but most agreed to give her the waste as it obviously meant less waste for them to dispose of. She took the plants home and tried to reanimate them, initially using water and potions for plants bought in the flower shops, till she elaborated her own formula using, among other things, her hair and nail clippings mixed with compost, on the premise that these fragments of the body are particularly nutritious. When Aga put the flowers in special trays, she stroked the leaves of these semi-dead creatures. If they delicately vibrated under her fingers, it meant they were on the way to recovery.

Most of the plants brought from the florists she managed to rescue. But it wasn't enough for my friend. Her next destination was the cemetery. There, the fate of flowers was even worse than those at the florists, especially after All Saints' Day when the cemetery attendants threw flowers onto a gigantic heap, together with used containers for candles, plastic bags and other grave decorations and soil. When Aga looked at the discarded plants she thought about the piles of bones from crematoria in films about the Nazi death camps. The flowers were like these anonymous remnants of people, deprived of their individuality and dignity, except that not all were dead. In fact, the majority of the pot flowers thrown away were still alive; people got rid of them because they didn't want to look after them. So Aga picked them out, put them in her small car, and brought them home to resuscitate them and nurture them to full health. For those which were dead, she tried to offer a more dignified place for their last rest, burying them in the back of the cemetery or in the allotments of her neighbours.

Eventually Aga had so many plants in her two-bedroom apartment, that there was barely enough room for her bed. She needed to move to the next stage. She set up a website: 'Pot Flowers Looking For Loving Homes' and so people started to come to her for free flowers. In common with the owners of pet shelters she was, however, careful not to entrust her plants to those who might neglect them. For this reason, she always asked the people whom had been gifted the flowers, to send her their photographs of them and return them if the plants got ill. Her visitors were almost exclusively women or men who wanted to give the special flowers to their wives and girlfriends, to prove that they were the 'caring type', who would rather get a mongrel from the shelter than an expensive pedigree dog. Such requests from men, Aga typically ignored. However, one day a man in his mid-fifties named Ryszard came, telling her that he wanted a pot flower for himself, ideally one which would keep him company till the end of his life, and one which had just one flower as he didn't want to be overwhelmed by beautiful creatures. It was not difficult to conjecture that he was both divorced and prejudiced against women, and that his relation to a flower would be sexual. Aga did not mind any of these traits, as she was prejudiced against the opposite sex herself and felt that the guy wasn't a rapist, but rather a stalker type and a caresser, and flowers like to be stalked and caressed. However, she told Ryszard that she was unable to fulfil his request in full because no plants flower continuously whilst, at the same time, have only one flower. Demanding from the plant to have just one flower would be like asking a woman to stay forever young and childless.

In the end she gave Ryszard a plant which looked like a bee orchid, except that it wasn't pink and brown but yellow and dark-red and, obviously, it wasn't a wild flower but one which was cultivated. Aga found two of those on the rubbish heap at the Łódź cemetery and had spent a lot of time and effort bringing them back to life, so it was hard to part with any of them, but she trusted its new carer. She assumed that she would never hear from Ryszard again but, not only did he sent her a new photo of the orchid every week which he called 'Aga's Bee', after some months he returned, asking her to give him another pot flower. This time she gave him some miniature Japanese irises. Normally they would be planted outdoors but Polish florists, seeking innovation at all cost, tried to miniaturise many flowers so that they could be sold in pots. As a result, a lot of flowers were discarded, leading Aga to fill her apartment with these crippled, diminutive creatures and posting online petitions against miniaturisation of flowers and plants at large (pun intended by Aga). In this way she joined in the anti-Bonsai movement and once, when visiting, I tripped on a pile of leaflets explaining – as I later learnt – in graphic detail what the plants suffer when they are not allowed to reach their full size, comparing their miniaturisation to the cruel practice of bandaging the feet of Chinese women. Only, on this occasion, not only are the feet of plants constrained but their entire bodies. Reading these leaflets, I couldn't help but think about Aga's ex-husband's attempts at plant miniaturisation. Was Aga not bothered about his experiments or was this a factor in their split? But I didn't ask her as she didn't like to talk about that stage of her life.

Subsequently Ryszard took a third pot flower from Aga, a yellow zebra plant. And then a fourth, a Christmas cactus as it was January and the florists were getting rid of unsold stock. On this occasion Ryszard mentioned that the number of his pot flowers matched the number of the women he had divorced. However, he kept visiting Aga, usually at weekends as on weekdays he was very busy with work, and started helping her in the shelter and going with her to the places where she expected to find her 'crippled orphans'. He would also bring her bags of shopping and invite her to restaurants, not least because Aga was so involved with flowers, while also working full-time, that she barely had enough time to eat (I guess she also felt guilty devouring the cousins of her beloved creatures). Eventually Ryszard invited her to his house. Reluctantly she visited him in what turned out to be a large house in Zgierz, a suburb of Łódź renown for a number of so called 'Gypsy palaces'; highly ornamented large houses with dome-shaped roofs and large external stairs, wide at the bottom and narrower at the top. Apparently, at one time, these buildings - erected in the 1980s - belonged to the most sought-after contract killers in Europe but, by this point, they stood abandoned and in disrepair. Ryszard told Aga that he had recently bought one of these palaces, as they were incredibly cheap, and he thought about using some rooms and the garden as a house for Aga's flowers. A greenhouse was also on offer. In the longer term, he wanted to make the Gypsy palace look like a kind of Xanadu from 'Citizen Kane', only lighter, more airy, and flowery. Ryszard assumed that Aga would be over the moon with his proposal but she, by this stage in her life, being practical, pointed out to him the various shortcomings of this solution to her problem. First, it took ages to get to Zgierz in the frequently heavy traffic so, looking after 'his flowers', would require her putting more money and time into her flower-rescue operation than she could afford. Second, for most of those who wanted flowers from her shelter, it was easier for them to get to her apartment in the centre of Łódź than from Zgierz. Thirdly, what would happen to the flowers if Ryszard changed his mind and decided to sell the house? Would he throw the flowers away like the florists or the cemetery attendants?

Ryszard then admitted that he also had plans for Aga. He wanted her to move there with him and become his fifth wife, if she were not averse to this bourgeois institution. But Aga refused. In principle, she didn't object to being somebody's fifth wife, but she didn't find Ryszard attractive. The long years of communing with the most beautiful creatures made her averse to the mousy-haired - or balding - square-faced and stout creatures that were to be found walking the streets of Polish towns, Ryszard included. She also felt that, despite superficially sharing a love for flowers, they had little in common. Yet, she didn't want to admit these truths. Instead she simply said to him: 'My plants are enough. I don't want anybody else in my life'. After this rebuttal, Ryszard stopped visiting her so often, but they remained on friendly terms. Eventually he installed a different woman in his Xanadu palace. Aga didn't like her, so she didn't entrust this woman with her flowers.

Over several years, whenever I visited her during my trips to Poland, Aga would tell me about her flowers. Because I lived in England - and was so inept with flowers - I couldn't take any pots from her and neither would it be practical to bring any flowers for her to nurture to good health. What I did bring were songs about flowers as, after flowers, music was my friend's greatest love. She liked Lena's songs, although found her, and rightly so, somewhat morbid. Most of all, she liked a compilation of different versions of 'Where Have All the Flowers Gone', including three by Marlene Dietrich. When the line 'Girls have picked them every one, when will they ever learn?', she had tears in her eyes and I hugged her and cried too, I don't know if from sadness or happiness.

CONQUISTADORA INVOLUNTARIA (AQUÍ, TAMBIÉN, HISTORIA INOLVIDADA)

Katharina Kracht

POR LA NOCHE TARAREA el desierto su canción,
susurrando de recuerdos casi olvidados:
el toque de tus dedos en mi hombro desnudo,
la curvatura perfecta de un muslo.
nace un grito delante de mi ventana,

llamándome que venga, que venga ya.
y la lluvia goteando de las hojas como lágrimas.
un mundo nuevo. barcos imponentes, sus velas
en el viento, su carga herrumbre y enfermedad.
¿qué es lo que ya olvidamos?

¿nos ayudará encontrar en su profundidad
un peñón en el desierto, escucharle
a un solito pájaro, lamentando,
lamentando? ¿cómo es posible que
no oímos los inquietos

gemidos de los incontados?
todavía pisan en sus tumbas,
desde las minas gritan todavía,
y siguen luchando en las zonas
de las pruebas nucleares.

de mi país, muy lejos sobre el mar,
traigo legados de la guerra y del amor,
de asesinos y batallas, pesadillas
de las almas perdidas de conquistadores,
misioneros orgullosos ardiendo, ardiendo.

es para acá adonde se fueron nuestras esperanzas,

recuerdos de un mundo viejo, plantados
de nuevo en esta tierra mucho más fecunda
de lo que creías, tierra que nunca
olvidará como fue robada.

THE PLACE WHERE PEOPLE REMEMBER THINGS YOU DID THAT YOU DON'T REMEMBER DOING

Jesse Sensibar

AND YOU NEVER FEEL like telling stories about yourself, the ones that everyone else makes up are so much better. Here, people you've never met think they know you. They proclaim it loudly to the whole world, or at least the whole bar. And you still drink the same cheap beer – Old Style. And it still tastes fine. Because your underage ghost still drinks it, back there where it won't be noticed, in the dark corner by the pinball machines. You could be a tour guide here except nobody can see your ghosts.

AUTORES · AUTHORS

Harold Alvarado Tenorio, hijo y nieto de carniceros, nació en un pueblo [Buga] del Valle del Cauca, tres años antes [1945] del asesinato de Jorge Eliécer Gaitán. Licenciado en Letras, fue a Berlín con el propósito de estudiar en la Universidad Libre, pero ante la imposibilidad de aprender alemán mientras trabajaba en una panadería vivió un año frecuentando rebeldes y marginados, al tiempo que visitaba la biblioteca del Ibero-Amerikanisches Institut para leer y fichar materiales sobre la obra de Jorge Luis Borges, sobre quien escribiría, en Madrid, un extenso ensayo sobre el juego y la literatura en los años de la transición de la tiranía a la democracia. Traductor de la poesía de Kavafis y Eliot, autor de *Recuerda cuerpo, Espejo de máscaras, Biblioteca* y recipiente del Premio Internacional de Poesía Arcipreste de Hita por 'El ultraje de los años'. Actual director de la revista virtual e impresa *Arquitrave.*

Lacie Rae Buckwater Cunningham is a writer, academic, and translator. She focuses on Spanish to English translations of works from Mexican writers in the 20th century. Lacie Rae's translations are informed by her scholarly work in the areas of poetry and performance. This technique can be noted through her pursuit of rhythm and textual movement in her approach to translation. This submission is a translation of the Science Fiction short story "Diana y eros" by Mexican writer Amado Nervo. Despite Nervo's enigmatic and engaging work, many of his pieces have not been widely translated. He wrote across a variety of genres. Nervo was a lauded journalist and celebrated poet, which often, somewhat ironically, overshadowed his notable talents as a Speculative Fiction savante who wrote more than 80 SF short stories. Ideas of mysticism, science, romance, and religion permeate his body of work.

Ilana Luna (Bryn Mawr, Pennsylvania, 1978). Es profesora asociada de Estudios Latinoamericanos y Español en Arizona State

University. Es doctora de literatura y lenguas hispánicas de la University of California, Santa Barbara, con concentración adicional en traducción literaria. Es autora del libro *Adapting Gender: Mexican Feminisms from Literature to Film* (2018, SUNY Press) y es Directora de Programación de Femme Revolution Film Fest en la Ciudad de México. Es escritora y traductora de poesía y prosa y algunos de sus trabajos se han publicado en las revistas *Jacket2*, *Hostos Review*, *Askew*, *Four Chambers Press*, *Oomph!*, *Vice Versa*, *Barzakh*, y *Hektoen International*. Ha traducido libros de Juan José Rodinás: *Koan: Underwater* (2018, Cardboard House Press), Judith Santopietro: *Tiawanaku: Poems from the Madre Coqa* (2019, Orca Libros) y Giancarlo Huapaya (Por salir en Lavender Ink/ Diálogos).

Tim Fitts currently serves on the editorial staff of the *Painted Bride Quarterly* and teaches in the Liberal Arts Department of the Curtis Institute of Music. His fiction has been published by journals such as *The Gettysburg Review*, *Granta*, *Fugue*, *Shenandoah* among many others.

Jennifer Gabriele grew up in Ohio, where she was an avid athlete until she graduated from high school. She has a BA in Spanish and Studio Art, with an emphasis in sculpture and drawing, from Lawrence University in Appleton, Wisconsin. She also earned her MA in Hispanic Literature and Culture from The University of Kansas. She has taught in Spain as well as the States and currently teaches and coordinates one of the intermediate Spanish courses at The University of Kansas. For art she works with anything ranging from digital to ducting metal and loves experimenting with new mediums. She is also the owner of Artistic Misschief which she created in 2015. Jen lives in Lawrence, KS with her wife Grace and their three cats.

Indira Yadira Arianna García Varela (Chihuahua, Chih., Mex. 1982) is a Ph.D. student in the Department of Spanish and Portuguese at the University of Kansas, where her research focuses on the medieval Spain. In 2012, she received her B.A. in Art History, Philosophy and Museum Studies from Arizona State University. Aside of her literary studies, her interests include photography, curatorial studies, and critical theory.

John Gueltzau is a photographer and sculptor based out of Northwest, Missouri. He grew up on a farm and has been serving in the military for 14 years. Johnathan earned his bachelor's degree at Missouri State University. He focuses his artistic efforts on the topics of memory, technology, and the everyday experience.

Consuelo Hernández Poeta y catedrática universitaria. Ha publicado seis poemarios y dos libros de crítica poética. Ha sido traducida al árabe, inglés e italiano. Ha sido filmada y grabada varias veces por la Biblioteca del Congreso. Es profesora Emérita de American University en Washington DC.

Lu Kang nació en la provincia de Fujian, artífice de palabras, "susurrador de té", como lo describen los expertos en té. A ojos de sus amigos, es un experto conocedor del té. También es un productor audiovisual y extraoficialmente cineasta. Sus ficciones están repletas de montajes. Sus trabajos más representativos incluyen el drama poético *Lotus Must Die*, el poema largo *Labyrinth Walls of Autumn*, *A Surprise*, *Returning to the Idyllic Life*, y una serie de poesía que incluye *A Rainy Day: Lodging and Exiles*, ampliamente reconocida. Se dice que es tan talentoso e introvertido que todos los milagros suceden como fuegos artificiales solo en su mente. Su trabajo ha sido publicado en *Chinese Modernist Poetry Group*, *Classics by Poets Returning from Abroad*. Sus libros publicados incluyen *Known Deep in the Bones*, *LK's Poems*, y una antología de ficcion LK. Ha ganado el premio de poesía otorgado por *Poetry Quarterly*.

Katharina Kracht teaches English and Spanish to teenagers in Germany. She has lived in Ireland, the United States (Arizona and Missouri) and in Brussels. She loves studying languages, riding her bike, and sewing. She writes in English, German and Spanish. A lot of her writing explores the meaning of past traumatic events both on a societal and on an individual level.

Jorge Manzanilla (Mérida, Yucatán, 1986) Estudió la Maestría en Escritura Creativa por la Universidad de El Paso, Texas y cuenta con una licenciatura en Literatura Hispanoamericana por la Universidad Autónoma de Guerrero. Autor de los siguientes libros de poesía: *Que me sepulten recostado en la palabra* (Catarsis Literaria El Drenaje, 2011), *Escarnio* (Verso Destierro, 2014), *Diáfano 23* (FETA, Col. La Ceibita, 2014) y *Vitral de todos mis cuerpos* (Diablura Ediciones, 2015). Premio Estatal de Poesía "El Espíritu de las letras" en 2015 y 2017 y Creative Writing Awards en El Paso, Texas, mención honorífica en el Premio Binacional Pellicer-Frost entre otros. Becario del PECDA Yucatán en 2014. Poemas suyos han sido traducidos al portugués y además ha colaborado en el *New York Times*. Actualmente es columnista en *SuperLuchas* y estudia el doctorado en la Universidad de Arizona.

Ewa Mazierska is historian of film and popular music, who writes short stories in her spare time. She published over twenty of them in *The Longshot Island, The Adelaide Magazine, The Fiction Pool, Literally Stories, Ragazine, BlazeVox, Red Fez, Away, The Bangalore Review, Shark Reef* and *Mystery Tribune*, among others. Ewa is a Pushcart nominee and her stories were shortlisted in several competitions. She was born in Poland, but lives in Lancashire, UK.

Wellington Romão Oliveira was born and raised in Fortaleza, state of Ceará, in the northeast of Brazil. He is a PhD student in Geography at the Federal University of Ceará, and a researcher at the Ceará Meteorology and Water Resources Foundation. His current research focuses on Geography, with emphasis on Landscape Geoecology, Water Resources, Impacts of Droughts, Socioenvironmental Impact Analysis, Environmental Education, Conservation Units, Political Ecology and Environmental Law.

Sun Qian es un poeta y escritor independiente nacido en los años 50 en Bao Ji ("Cradle of Bronzeware") en la provincia Shaanxi, con raíces en la antigua capital imperial Luo Yang, y se ha dedicado a escribir poesía por más de 30 años en una forma tridente de escritura: una combinación de poesía neoclásica, poesía islámica y poesía artística, cuyas antologías de poesía incluyen "El libro de fortaleza espiritual", "El nuevo Rubáiyát", "Los poemas musulmanes", "El libro de las realidades", una colección de poemas y ensayos *El levantamiento de Sagitario* y otros trabajos literarios.

Durante los últimos años se ha dedicado a la poesía islámica, para crear una atmósfera islámica en la poesía china y para abogar por la divinidad religiosa en la poesía. Sus trabajos han aparecido en *Poesía*, *Estrellas*, *Escritores*, *Oriental* and *Occidental Poetry*, *One Line* (América), *The Blue Star* (Taiwan), *Epoch Poetry* (Taiwan), *International Chinese Literary* (Australia) y muchas otras revistas. Sus escritos han sido traducidos al japonés, inglés y árabe en diferentes antologías de poesía.

Cristina Rentería Garita es doctora en Ciencias Sociales (Universidad de Córdoba) y Candidata a Doctora en Educación (Universidad de Almería). Ha sido funcionaria internacional en el Sistema de Naciones (Agricultura y Género) y profesora universitaria.

En 2018 obtuvo la Mención Honorífica en el Premio Nacional Dolores Castro (México), con su primera obra "Oír con los Ojos". Algunos de sus textos pueden encontrarse en la Revista TALES, Círculo de Poesía, Periódico El Espectador o microcuento.es

Shanshui Ruge se graduó en Francia y tiene un doctorado en Control de Sistemas e Inteligencia Artificial. Trabaja para una compañía internacional de tecnología en Francia. Le interesa la metafísica, y disfruta la música, la poesía y la filosofía. En 2017 publicó una colección de poemas titulada *An Ant On The Penrose Stairs* escrita en chino y francés. La traducción es de Frances Siman.

Jesse Sensibar's work has appeared in *The Tishman Review, Stoneboat Journal, Waxwing,* and others. His short fiction was shortlisted for the Bath Flash Fiction Award and the Wilda Hearne Flash Fiction Prize. His first book, *Blood in the Asphalt: Prayers from the Highway*, was published in 2018 by Tolsun Press and shortlisted for the Eric Hoffer Book Award. You can find him at jessesensibar.com

Alejandra Sequeira. (Managua, Nicaragua, 1982). Poeta. Ha publicado *Quien me espera no existe* (Centro Nicaragüense de Escritores, 2006). Mención de honor en el IV Concurso Nacional de Poesía "Mariana Sansón" 2006. Ha sido incluida en diversas antologías centroamericanas y de México y en revistas literarias de Alemania, Chile, México, Estados Unidos, Cuba y Centroamérica. En Nicaragua, aparece en *El Hilo Azul*, revista dirigida por el escritor nicaragüense Sergio Ramírez. Ha participado desde el 2006 en el Festival Internacional de Poesía de Granada y otros encuentros de la región centroamericana, México y Cuba. Así mismo, ha organizado y participado en lecturas con mujeres privadas de libertad y personas con discapacidad auditiva. Colabora con artistas performáticos y de las artes visuales. Es miembro de PEN-Nicaragua. Graduada de la Maestría en Escritura Creativa de la Universidad de Texas en El Paso. Actualmente estudia el doctorado en Español en la Universidad de Arizona.

Hai Shang nació en noviembre de 1952 en Shangái, Hai Shang es un poeta avant-garde, crítico y freelance. Es experto en pintura de rocas y disfruta de una amplia reputación como "The Folk Thinker". Sus libros publicados incluyen: *The Revived Bird, Death, Desertion and an Empty Boat, Scattered Shadows, Manuscripts of Random Thoughts, Origins of Flora of the Mortal World, A Soul Brimming with Solitude, Mistletoe, Embryonic* y el poema largo más famoso, *Time, in its Metaphysical Sense.* Su más reciente publicación es *Star of Amber* (Encyclopedic Poetry School's 10th Anniversary Celebration Series).

Langji Tianya obtuvo su doctorado en Robótica en una

universidad francesa y trabaja para un grupo de empresas en Francia. Está interesada en escribir ensayo y poesía, y en los últimos años, sus trabajos han sido publicados en revistas. En el 2017 publicó una colección de poemas llamada *The Mystery of Superstring* escrita en chino y francés.

Yin Xiaoyuan nació en Wanyuan, provincia de Sichuan, en 1963. Actualmente vive en Chengdu y es poeta y profesor de la Universidad de Sichuan. Sus trabajos poéticos y académicos incluyen "Los poetas más allá de los lagos", "Música de poesía Tang", "Mi Confucio", "Mi pronunciación", "Diario de títulos oficiales chinos", "La crónica de las tallas de piedra chinas" y el largo drama histórico "La leyenda de Mulan". Sus poemas han ganado el Premio Especial del Primer Concurso de Exploración de Poesía China en "Poesía", el Premio de Poesía Tianzhu (Baiwei), el Premio Internacional de Confucianismo Natong, el "Poeta Chino del Año" de Chengdu Commercial News, el Primer Yang Wanli Premio de Poesía, y el Premio de Nominación de Poeta Anual "Estrella". Es Premio de Poesía de la Copa Li Bai. Sus obras poéticas están ricamente antologizadas y traducidas a muchos idiomas extranjeros. En la década de los ochenta, él y sus colegas lanzaron exitosamente algunas revistas poéticas independientes como *Bandera roja, Dinastía y Xiangwang.*

Yan Yi es un poeta de la generación post 1970. Crítico de música clásica, ha trabajado como reportero y editor de una revista. Vivió moviéndose por el sur de China durante diez años, y actualmente vive en la ciudad de Harbin en la provincia de Heilongjiang. Sus poemas han sido publicados en varias revistas incluyendo *Mountain Flowers, Master* y *Flower City.*

Xiang Yixian (Yīn Xiǎoyuán, "殷晓媛" en chino) es una poeta y escritora multilingüe, vanguardista y multifacética fundadora de la Escuela de Poesía Enciclopédica (2007), iniciadora del "Movimiento de Escritura Hermafrodita" y redactora jefa de la "Declaración de la

Escritura Hermafrodita". También es directora y diseñadora visual del proyecto de "Escuela de Poesía Enciclopédica I.A. Papercube" (Edición Especial 10mo Aniversario) y directora del "Taller de Escritura creativa y Arte Integrado" que incluye entre sus miembros a poetas, escritores, dramaturgos, músicos, artistas visuales y del campo de la fotografía, las instalaciones y la caligrafía. La Escuela de Poesía Enciclopédica en palabras del jefe del Dpto. de Compras de la Biblioteca Nacional de Rusia, T.V. Petrusenko, es "una nueva tendencia en la poesía china contemporánea". Para Glennys Reyes Tapia, Jefe del Dpto. de Recopilación de la Biblioteca Nacional Pablo Henriquez Ureña (Rep. Dominicana) se trata de "un tesoro bibliográfico de la cultura china."

Xiaoyuan es miembro de la Asociación de Escritores de China, de la Asociación de Traductores de China y del Instituto de Poesía de China. Ha publicado 9 libros que incluyen 4 antologías: "Recuerdos efímeros", "Más allá de Tzolk'in", "Trilogía Vanguardista", "Agente sembrador de nubes" (De la serie 10mo Aniversario de la Escuela de Poesía Enciclopédica), y una traducción de la antología del poeta/artista neoyorkino Bill Wolak "Become a River" (New Feral, 2018). Tiene escritas 18 épicas (que suman 70.000 versos) y 24 volúmenes de poemas enciclopédicos. Escribe en chino, inglés, japonés, alemán y francés y ha sido traducida al italiano y al español. Su obra se ha publicado en su país y en el exterior.

Xiaoyuan ha traducido a más de 50 poetas contemporáneos de los EE.UU., Reino Unido, Suecia, Irlanda, Australia, España, Argentina, Japón, India, Cuba, Honduras, Colombia, Bolivia y Ecuador. Ha viajado alrededor de China, especialmente por las Grandes Montañas. Entre ellas, el Monte Huang, el Monte Hua, el Monte Heng (Hunan) y el Monte Tai, que escaló a pie.

Yang Zheng es un poeta contemporáneo y editor de origen Jiangsu. Nació en Shanghái en 1968. Ingresó al departamento chino de la Universidad de Sichuan en 1985. Es el fundador de la conocida revista experimental literaria "Dinastía" ("Wang Chao") y cofundador de "Pseudomorfo" ("Xiang Wang"), una de las revistas literarias más influyentes de los años 80.

Wang Ziliang es poeta, ensayista y profesor universitario. (Zhejiang, China, 1958). Desde 1978 comenzó a publicar en revistas chinas. Entre sus poemarios se destacan "Prisma triangular" (1984), "Barco de vela" (1992), "Límites turbulentos" (2004), "Lanzar los dados al mar" (2013), "Kangrinboqe" (2016) y "Esfera armilar" (2017). También su obra ha sido incluida en las antologías "Jóvenes poetas de China (1981-1982)" y "300 poemas místicos", entre otras. Su poemario "Lanzar los dados al mar" mereció la medalla de plata del I Premio de Poesía Qu Yuan. Asimismo, su poema "Tienda de relojes" fue nominado al Gran Premio de Poesía de China. Actualmente, Wang Ziliang figura entre los 100 poetas contemporáneos chinos más relevantes, de acuerdo a la selección realizada por el sitio especializado Art Beijing. En la actualidad labora como profesor en la Universidad de Zhejiang.

DIGITUS INDIE PUBLISHERS
www.digitusindie.com
EDITORES INDEPENDIENTES

www.ingramcontent.com/pod-product-compliance
Lightning Source LLC
Chambersburg PA
CBHW061106100726
47911CB00012B/420

* 9 7 8 0 9 9 8 2 5 3 9 3 0 *